천국의 징검다리

천국의 징검다리

발행일	2022년 3월 7일

지은이	김무경		
펴낸이	손형국		
펴낸곳	(주)북랩		
편집인	선일영	편집	정두철, 배진용, 김현아, 박준, 장하영
디자인	이현수, 김민하, 허지혜, 안유경	제작	박기성, 황동현, 구성우, 권태련
마케팅	김회란, 박진관		
출판등록	2004. 12. 1(제2012-000051호)		
주소	서울특별시 금천구 가산디지털 1로 168, 우림라이온스밸리 B동 B113~114호, C동 B101호		
홈페이지	www.book.co.kr		
전화번호	(02)2026-5777	팩스	(02)2026-5747

ISBN	979-11-6836-214-7 03810 (종이책)	979-11-6836-215-4 05810 (전자책)

청랑 김무경 목사의
좌충우돌 장애인 섬기는 이야기

천국의 징검다리

김무경 에세이

북랩 book

프롤로그

청랑 김무경 목사는 시각장애인 부모에게서 태어나 4살 무렵 생모가 가출한 후 백내장이 발병하고, 새 가정을 꾸린 부친과 함께 살지 못하여 할머니의 보살핌으로 어린 시절을 보냅니다. 무지했던 할머니는 당신의 아들이 어릴 때 천연두로 실명하여 전맹이 되어 사는 것에 대한 트라우마로 약시인 손자도 수술을 잘못하면 그나마도 볼 수 없을 것 같아 의사 진료도 안 받고 그대로 둡니다. 눈을 찡그리면서 겨우 사물을 볼 수 있는 사시가 되어 동네 아이들의 놀림감도 되었지만, 열심히 교회를 다니면서 위로받았고 동네 아이들이 놀리면 혼내던 시골 교회 목사님을 닮아 자신도 어려운 이웃을 돕는 목사가 되겠다고 다짐합니다. 그러면서 할머니가 고혈압으로 세상을 떠나게 되고 새어머니가 데려다준 맹아원고아원에서 혼자 어린 시절을 보내면서 고등학교 때 외국인 선교사의 도움으로 수술하여 정상 시력을 되찾게 됩니다.

그 무렵 소식을 끊었던 가족과의 만남은 그를 오히려 절망의 나락으로 몰고 갑니다. 목사가 되는 길을 포기하고 안마사로 취직하여 열심히 돈을 벌어서 잘사는 것이 원수를 갚는 길이라고 생각하지만, 설상가상으로 가족처럼 의지했던 여자 친구가 떠나버립니다. 결국, 하나님을 부정하게 되고 현실을 잊어버리고자 술을 마시기 시작합니다. 그는 다시 예전보다 더 안 보이는 상태로 실명하고 맙니다. 그리고 지금의 시각장애인 아내를 만나 결혼하면서 안정을 찾게 되고 아내와 둘이 안마사로 열심히 살아갑니다. 그러면서 그동안 잊고 지냈던 교회를 다시 찾게 되고 탕자의 삶을 청산하고 다시 열심히 신앙생활을 하면서 신학교를 다니게 됩니다. 그리고 딸이 태어날 무렵, 다시 실명했던 시력이 회복되는 놀라운 은혜를 체험하지만, 신학교를 다니면서도 목사의 길보다는 평신도로 교회를 섬기겠다는 생각으로 안마를 관두고 장사도 하고 제품공장도 하면서 열심히 살아갑니다.

평탄할 것만 같았던 그의 삶에 큰 시련이 옵니다. 딸이 수술해야 할 만큼 아프게 되고 하던 일이 부도가 나면서 그는 기도원으로 올라가 자살을 시도하지만 실패하고 맙니다. 극

심한 공포에 떨었으나 하나님께 회개한 후 딸도 회복되고 다시 안마사로 일하며 신학교를 다니지만 계속 목사의 길은 거부합니다. 계속 고집을 피우던 그는 투자했던 사업의 부도와 집의 화재로 인하여 딸을 잃을 뻔한 고난을 겪고 중단했던 신학교를 졸업하고 제도권 교회에서 10년 사역 후에 2011년부터 실로암효명의집에서 장애인들을 섬기고 있습니다. 청랑 김무경 목사의 좌충우돌 장애인 섬기는 이야기가 시작됩니다.

차 례

원목의 일상

．
．
．
．

새해 새벽부터 정신이 없었습니다. 여든이 넘으신 어르신들 몇 분과 올해 아흔이 되신 어르신의 경우는 언제 어떻게 될지 늘 불안합니다. 그래도 아흔 살 어르신은 앞을 못 보는 것 외에는 유일하게 약을 드시지 않을 만큼 건강하십니다. 물론 연세에 비하여 건강하시다고 할 수 있고, 고혈압이나 전립선 같은 지병으로 약을 드셔야 함에도 막무가내로 안 드시기에 자녀들은 물론이고, 우리도 어떻게 할 수가 없어 여차하면 강제로라도 병원으로 모실 준비를 늘 하고 있습니다. 그런데 1월 1월이 휴무이기는 하지만, 어르신들만 계시는 게 신경이 쓰여서 아침 식사 수발과 오전에 간단하게 우리끼리라도 신년 예배를 드리려고 퇴근하지 않고 있었습니다.

새벽 20시 30분, 여든이 넘으신 어르신 한 분이 응급실로 가셨습니다. 그리고 아침 식사 때에 아흔 살 어르신께서 열이 많이 나는데 정신을 못 차린다고 해서 열을 쟀는데 39도 가까이 올라가 있었습니다. 억지로 해열제를 드시게 하고 가족들에게 연락하고 병원 응급실로 모시려고 준비를 하는데 얼마나 힘드셨는지 바지에 그만 배변 실수까지 했습니다. 평소에도 춥다고 여름에도 잠바를 입고 사시는 분이라고 입고 있는 여러 벌의 옷을 모두 벗도록 하고 얼음 팩을 이용하여 열이 내릴 수 있도록 했습니다. 평소에 약을 먹지 않던 분이라 그런지 효과가 금방 나타났습니다.

그날은 그렇게 하루를 정신없이 보냈습니다. 아흔 살 어르신은 그날 하루만 그렇게 앓으시더니 건강을 되찾으시고, 병원에 입원했던 어르신도 건강을 회복하고 돌아오시고, 거기까지는 좋았는데 또 다른 분들이 차례로 아프기 시작했습니다. 응급실로 몇 분이 가셨는데, 한 분은 위암, 또 한 분은 패혈증, 또 한 분은 대장암 수술, 그해 1월도 그렇게 시작했습니다.

이렇게 연휴가 시작되는 날은 늘 불안합니다. 혹시 응급실을 가야 할 분들이 생길 수 있기 때문입니다. 지난 추석도 어김없이 두 분이 병원에 입원했습니다. 장애인거주시설에서 겪는 또 다른 명절증후군입니다. 오늘도 주님께 간구하는 것은 이분들의 빠른 치유이지만 육신이 질병으로 인한 통증으로 고통당하지 않게 해 달라는 기도입니다.

10년 세월에 많은 분이 귀천하셨는데 병원에서 오랫동안 고생하지 않고 하나님의 은혜로 모두가 편안하게 주님의 품에 안겼습니다만, 내가 마지막으로 할 수 있는 것은 존엄한 죽음이 무엇인지, 천국 소망으로 새 생명의 길을 잘 가실 수 있도록 해야 하는데, 나도 지병인 당뇨와 고혈압이 있다 보니, 예전과 같이 그 일이 쉽지는 않습니다. 하나님의 자녀들을 섬기도록 명령하셨으니 피곤한 몸이지만 열심히 섬기고 있습니다.

넥타이 두 개

:
:
:

이제 이곳에 온 지 두 달이 지날 무렵에 있었던 일입니다. 거주인 가운데 듣지도 못하고 보지도 못하고 말하지도 못하고 걷지도 못하는 분이 계셨습니다. 의사소통은 겨우 손바닥에 단어만 썼습니다. 그래도 약간의 잔존 시력이 남아 있어서 다행이기는 했습니다만, 엘리베이터 층수를 볼 수 없을 정도로 시력이 약했습니다. 그리고 뇌수술로 인하여 사고력이 많이 떨어져 있었습니다. 그렇다 보니 '밥'에 대한 집착이 매우 강했습니다. 밥을 아무리 많이 주어도 남기는 법이 없이 항상 배고파하는 모습에 마음이 아팠습니다. 먹을 것이 있으면 그 자리에서 다 먹어야 직성이 풀리는데, 아들이 가져온 빵 10개를 한 번에 다 먹어버려서 소화제를 드리고 했던 적도 있었습니다.

대화를 시도해 보지만 정상적인 대화는 할 수가 없었습니다. 그래도 예수를 전해야겠다는 마음에 손바닥에 간단한 단어를 써 가면서 대화하는데, 어눌한 발음이지만 예수를 안다고 하면서 하나님의 아들이라고 했습니다. 쉽지 않은 대화지만 포기하지 않고 계속했습니다. 문제는 아들 이름만 정확하게 기억할 뿐, 본인의 과거에 대해서는 전혀 얘기하지 않았습니다. 일상이 밥 먹고 자고 그렇지 않으면 우두커니 휠체어에 앉아 있는 것입니다. 유일하게 기쁨을 느끼는 시간은 자위행위를 하는 시간입니다. 그때는 우리 모두 조용히 문을 닫아 주었습니다.

그런데 조금씩 변화를 보이기 시작했습니다. 직원은 누구도 기억하지 못했지만, 그때 내 몸무게가 85kg으로 배가 많이 나왔기 때문에 만져 주면 내가 목사인 줄 알고 좋아하기도 했고, 배가 고프다고도 하고 아들이 보고 싶다는 등 말을 조금씩 했습니다.

그날도 당직 근무를 하고 있는데 생활실에서 부스럭거리는 소리가 나서 들어가 보니 양복을 꺼내 펼쳐보고 있었습니다. 넥타이가 있길래 목에 걸어 보이니까 엄지손가락을 펴 보입니다. 주무시라고 손바닥에 써 주고 나왔습니다. 아침에 식사하러 갈 준비를 하고 있는데, 휠체어를 밀고 오더니, 큰 소리로 '넥타이 줄까?'라고 하는 것입니다, 순간 깜짝 놀랐습니다. 한 번 더 '넥타이 줄까?'라 하여 손바닥에 필요 없다고 써 주었습니다. 그런데 오전 내내 마음이 무거웠습니다. 혹시 내가 웃긴다고 한 짓이 넥타이가 갖고 싶어서 그런 것으로 오해하지 않았을까 하는 생각과 더불어 마음이 흐뭇했습니다. 본인의 물건을 선뜻 주겠다고 하는 마음이 고마웠습니다. 마음 한구석이 무거워서 점심을 먹고 다시 손바닥에 글자를 써서 물어보았습니다. 미처 글씨를 다 쓰기도 전에 얼른 휠체어를 밀고 생활실로 들어가면서 따라오라고 했습니다. 그리고 양복 커버 사이에서 곱게 접어 두었던 넥타이 3개를 꺼내서 주었습니다. 진심으로 주고 싶었던 것입니다. 손바닥에 내 감동을 길게 썼지만, 다 이해할지 모르겠습니다. 다시 한번 목에 걸어 보였더니 최고라고 하면서 너무 좋다고 합니다. 오랜만에 만난 아들의 손을 얼굴에 비비며 이름을 부르며 그렇게 울던 아저씨 모습을 보며 눈물을 흘렸는데, 또 나를 울리고 말았습니다.

기구한 삶을 살아온 분입니다. 어릴 때 우물에 빠져서 청력을 상실했지만 말은 할 수 있었다고 합니다. 그림 실력이 있어서 포스터나 간판 제작하는 일을 했고, 교회에서 만난 여인과 결혼했고, 아들이 4살 때 부인이 집을 나가고 아저

씨 혼자 간판 일을 하면서 아들을 키웠답니다. 서울에 작은 건물을 하나 가지고 있었는데, 교통사고를 당한 후 뇌졸중으로 고생하다가 타 시설을 거쳐 이곳에 입소하게 되었습니다. 이 가슴 아픈 사연을 아저씨 동생에게서 들을 수 있었습니다. 그런데 그 건물을 처분하기 위하여 집 나간 부인이 이곳에 드나들었습니다. 아들과 연락을 했던 것 같습니다. 남의 가정사에 관여할 수 없는 것이라 뭐라고 할 수 없었지만, 아저씨와 나가서 인감을 떼고 하여 그 건물을 팔았다고 합니다. 그리고 아저씨는 건강 악화로 이곳에서 퇴소하여 요양병원에 입원했고 얼마 후에 세상을 떠났다는 소식만 들었습니다.

천상 재회

:
:
:

7년 연애 끝에 그 첫사랑과 결혼하여 외동딸을 낳고 행복하게 7년을 살았는데, 천상에서 다시 만나자는 약속도 없이 먼저 훌쩍 떠나버린 야속한 사람, 그의 유품을 정리하다 그가 간직하고 있던 연애 시절 때 보낸 편지를 불에 태우면서 한없이 울었답니다. 이대로 쓰러지면 안 되겠다 싶어 어린 딸을 친정에 맡기고 이를 악물고 시작한 옷 장사, 남들은 좋은 남자를 만나서 팔자부터를 고치라고 했지만, 첫사랑의 흔적을 지울 길이 없어 한 많은 세월을 그렇게 열심히 살았답니다.

어느 날 사물이 흐릿하게 보여 찾은 병원에서 '뇌종양'이라는 청천벽력靑天霹靂 같은 소리, 이렇게 한쪽 눈의 시력을 잃고 그래도 살아야겠기에 악착같이 이를 악물고 돈을 벌어서 이제 제법 살 만한데 나머지 한쪽 눈마저 흐릿해져서 부랴부랴 다시 병원을 찾았지만, 치료 한 번 제대로 받지 못하고 그렇게 실명하고 말았습니다.

어디에 뭐가 있는지도 모르고 밥숟가락 뜨는 것도 힘든 칠흑 같은 암흑, 정신을 차릴 겨를도 없이 딸의 손에 이끌려 이곳에 오게 되었답니다.

대학 시절에는 그래도 열심히 교회를 다녔던 터라, 이곳에 와서 막냇동생과 동갑인 목사를 만나니 그렇게 좋더랍니다. '내가 예수 안 믿고 교회 안 다녀서 벌 받아서 이렇게 되었나'라는 생각이 들어서 그렇게 무서웠는데, 목사는 그렇게 얘기를 하지 않고 남들이 다 사는 인생 재수가 없게 뇌종양에 걸려서 안 보이게 된 것이지, 하나님이 벌을 내려서 그런 게 아니라고, 하루하루 기쁘게 열심히 살면 되지 맨날 눈물 흘리지 말라는, 그 말이 너무도 좋더랍니다.

그래서 그런지 예배 시간이 그렇게 좋았고, 설교를 듣는데 자기에게 하는 것 같아 예배 때마다 눈물이 그렇게 흐르더랍니다. 앞 못 보는 동료들과 어울리니 안 보여서 더듬는 것 말고는 예배 나올 때는 예쁘게 화장도 하고 가장 예쁜 옷으로 골라 입게 되고, 그런데 어느 날부터 목사에게 뭔가 해주고 싶더랍니다. 넥타이나 와이셔츠라도 한 벌 선물하고 싶은데 혼자 나갈 수가 없으니 마음을 졸이다 돈 봉투를 들고 갈 때마다 거절하는데, 자존심이 그렇게 상하더랍니다. 내 마음을 이렇게 무시하나 싶어 사람들과 목사 험담도 해보고 욕도 해보는데 그러면 그럴수록 그동안 애써 잊어버리려고 했던 남편이 그리워지더랍니다. 그렇게 자신의 마음을 몰라주는 목사가 자신을 두고 떠난 야속한 그 사람인 것만 같아지더랍니다.

남대문시장에서 억척같이 장사를 했던 아줌마, 내가 그곳에 옷을 납품했던 시절이 있었으니 어쩌면 한 번쯤은 만났을 수도 있었던 분, 그렇게 기구한 운명 앞에 무릎을 꿇고 이곳에 와서 열심히 살아왔는데 2년 전부터 갑자기 치매가 오면서 증상이 심해졌습니다. 나를 사랑한다고, 직원에게 대필하여 편지도 보내고, 그렇게 돌려보내도 때만 되면 돈을 들고 와서 애를 먹었던 분, 시도 때도 없이 전화하는 바람에 수신 거부를 시켜놓고 있었는데 이제는 그것 자체를 기억하지 못합니다. 내가 해줄 수 있는 게 아무것도 없습니다. 흐릿해져 가는 그 기억을 붙잡을 수 없으니 마음이 아프기만 합니다. 아줌마가 노래 교실 시간에 부르면서 눈물짓던 '천상 재회'를 불러주면 기억할까 싶어 불러주는데 그것도 기억 못 합니다. 이제는 대소변도 가리지 못하는, 나보다 다섯 살

많은 우리 누님! 요양병원에 입원하고 말았습니다.

딸은 엄마를 여기 혼자 두고, 엄마의 재산을 정리해서 남편과 함께 이민을 가버렸습니다. 친척들이 연락해도 답이 없으니, 이럴 어쩐답니까! 게다가 아흔이 넘으신 아버지가 계시는데, 우리 아줌마가 이대로 기억이 돌아오지 않는다면 이젠 이승에서 이 목사와도 이별일 수밖에 없습니다. '내가 누구예요?'라고 물으면 망설임 없이 '김무경 씨'라고 했는데, 이젠 그 이름도 잊은 지 오래됐습니다.

"천상에서 다시 만나면 그대를 다시 만나면 세상에서 못다 했던 그 사랑을 영원히 함께할래요. 세상에서 못다 했던 그 사랑을 영원히 함께할래요."

금식하다 죽어 불라요

.
.
.

할머니 한 분이 '목사님을 찾는다.'라는 소리에 다급하게 2층 생활실로 갔습니다. 이곳에 올 때는 그렇게 심한 것 같지는 않았는데, 치매 증상이 나타나기 시작하신 여든이 넘으신 권사님, '우리 목사님께 허락을 받고 금식하겠다.'라고 하면서 나를 찾은 것이라고 합니다. 한참을 얘기하면서 달래도 막무가내로 한사코 식사를 거부하십니다.

"권사님, 뭣 땜시 식사를 안 하신다고 했쌌소?"

"아이고 목사님, 나가 나이가 팔십이나 먹어서 노망이 들려 부렸당게요. 자슥들 보기 미안허고, 여그 계신 분들 보기도 미안허고, 한 20일 금식하다 죽어불라요."

이것이 금식하시겠다는 이유였습니다. 한참을 달래서 식당까지는 모셨습니다. 본인이 다른 건 못해도 먹는 거 하나는 끝내주는 '밥 박사'라고 하던 분이 대단한 고집입니다.

대개 치매가 오면 식탐이 강하다고 하는데 이분도 예외는 아니었습니다. 아기처럼 떼를 쓰다가 '권사님, 밥 먹으러 가요.'라고 하면 얼른 '아버지! 목사님을 보내주셔서 밥을 먹으러 가게 하시니 감사합니다.'라면서 따라나서던 분인데, 정말 그날은 워낙 완강하게 거부해서 식사를 안 하실 것 같았습니다.

"목사님 먼저 잡수시오. 난 지금부터 금식 들어갈랑께."

마흔다섯에 시각장애인이 되었다고 하니까, 그 시절에는 재활교육이라는 것도 없을 때이니 혼자 더듬거리며 5남매를 훌륭하게 키우셨습니다. 그날 식사를 못 하나 싶었는데, 꾀를 하나 냈습니다. 계속 달래서는 안 되겠습니다. 좀 강하게 말을 해야 할 것 같았습니다.

"권사님, 천국을 가더라도 하나님이 오라고 할 때 가야 한다고 그렇게 얘기하는데 목사 말도 안 들으니 그만 방으로 갑시다. 금식하든지 말든지 권사님 맘대로 하세요. 선생님, 이 할머니 방으로 모셔다드리세요."

그런데 역효과가 나고 말았습니다. 벌떡 일어나더니, '선상님, 나 깨골창에 델다주시오. 그냥 콱 죽어 불랑께.'라고 하는 것입니다.

"권사님, 나 김 목사예요. 깨골창 갈라요? 그라믄 밥이라도 묵고 갑시다. 밥도 안 묵고 힘이 없어서 워떠케 깨골창에 들어간다요. 워쪄요? 밥 묵을라요, 안 묵을라요? 나가 댈꼬 갈탱게 식사나 하고 갑시다."

한참을 그러고 앉아 계시길래, '워떠케, 식사하실라요?'라고 했더니, '그라믄 그라까.'라고 하면서 밥 한 그릇을 다 드셨습니다. 맛있게 식사를 끝내신 권사님, 깨골창도, 금식도 다 잊어버리고 울 엄마 보고 잡다고 하면서 그날도 그렇게 잠이 들었습니다.

그 후, 치매증세가 급격하게 심해졌습니다. 여기는 장애인거주시설이다 보니 촉탁의와 간호사는 있지만, 의료상의 조치는 우리가 할 수 없으므로 의료시설이 있는 요양병원으로 가실 수밖에 없었습니다. 우리 권사님, 요양병원 입원 중에 하늘나라로 가셨습니다.

자녀들이 어머니를 이곳에 모시고 마치 죄인이 된 것처럼 고개를 숙이던 모습이 눈에 선합니다. 우리가 잘 모신다곤 했지만, 그래도 자식들만큼은 아니었기 때문에 늘 마음은 죄송스러웠는데, 권사님이 이 목사를 끔찍이 생각하셨던 것처럼, 자녀들도 비록 원목이지만 목사로서 인정해주고 고마워했던 분들, 효자, 효녀로 누구보다도 우리 사회복지사들을 이해해 주는 거주인 보호자들이었습니다.

눈에는 눈 이에는 이

．
．
．
．

속담에 '제 버릇 개 못 준다.'라는 속담이 있습니다. 뜻을 찾아보니 '제 버릇 개 줄까. 한번 젖어 버린 나쁜 버릇은 쉽게 고치기가 어렵다는 말'입니다.

　젊은 나이에 당뇨로 인하여 실명하고 다리까지 절단하면서 사랑하는 아내를 먼저 떠나보낸 아픔을 안고 입소한 동구 씨가 있었습니다. 타 시설에서 올 때 이런저런 말이 많았습니다. 전 시설에 아는 사람이 있어서 물어보니 고개를 흔들 정도였습니다. 그만큼 돌보기가 까다롭다는 얘긴데, 그래도 동구 씨가 어려워하는 사람이 있는데 목사의 말에는 죽는시늉도 한다는 것입니다. 원장을 비롯하여 직원들이 '동구 씨가 말 안 들으면 목사님이 개입해 주셔야 합니다.'라고 하는데, 문제가 있습니다. 내가 여느 목사들처럼 평소에도 형제님, 자매님 하면서 목소리에 무게를 잡고 행동을 해야 하는데 전혀 그렇지 않습니다. 사람들을 너무 편안하게 대하다 보니 목사 같지 않다는 소리도 들었지만, 거주인 중에 맹학교 선배들을 '형님'이라고 할 때가 많은데, 자칫 잘 못했다가는 나를 얕잡아 보기 쉬웠습니다.

입소하는 날 얘기를 나누어 보니 말투가 보통이 아닙니다. 나보다 3살 아래지만 편안하게 친구처럼 대하다가는 큰 코다칠 것 같다는 생각이 들었습니다. 중요한 것은 이곳에 잘 적응하여 편안하게 사는 것인데, 전 시설에 있을 때는 술주정도 자주 했다는 얘기를 들었던 터라, 이곳에서는 음주나 흡연 그리고 입소자들과 다투는 등, 어떤 형태로든 공동생활의 규율을 어기면 바로 퇴소시킬 수 있다는 규칙을 알려주었습니다. 아니나 다를까, 한 달 두 달 지나면서 그 버릇이 나오기 시작했습니다. 속담처럼 '제 버릇 개 못 준다.'라는 게 현실이 되었습니다.

중국집 주방장으로 일했다는데, 성질머리가 보통이 아닙니다. 자신의 마음에 안 들면 소리를 고래고래 지르고 직원도 마음에 안 들면 멱살잡이를 했습니다. 생활실을 함께 사용하는 분이 많은 것을 양보해서 그렇지 그야말로 제 세상이었습니다. 자기 말을 잘 들어주고 내성적인 성격의 직원들에게는 상전처럼 명령조로 종 부리듯 하였고, 또 바른 소리를 하거나 직급이 있는 직원에겐 한없이 순한 양처럼 변했습니다. 당연히 시설 규정이 있어서 퇴소시킬 수 있는 충분한 이유가 되었지만, 시각장애인이기도 하고 연고도 없는 사람을 엄격하게 규칙을 적용하여 퇴소시킨다면 다른 어떤 시설에서도 받아 주지 않을 것이기 때문에 우리가 감내할 수밖에 없습니다.

그런데 어느 날, 본인이 분명히 잘못해 놓고 직원에게 욕을 하며 멱살을 잡고 폭행하는 것이 딱 걸렸습니다. 이대로 넘어가서는 안 될 것 같아서 '눈에는 눈 이에는 이'라고, 동구 씨 스타일대로 거칠게 욕부터 시작했습니다. 요즘 같으면 인권에 문제가 되겠습니다만, 거주인만 아니라 직원들 인권도 있습니다. 왕년에 하던 대로 세상의 욕은 다 써먹었습니다. 기가 확 주었습니다. 다들 목사의 입에서 이런 쌍욕이 나올까 생각했는지 모두 조용해졌습니다. 그렇게 조금 상황이 진정되고 나서 동구 씨와 대화를 시작했습니다.

어릴 때 어머니가 돌아가시면서 14살 때 집을 나와서 중국집 배달 일을 시작하면서 힘든 어린 시절을 보냈습니다. 그리고 중국집에서 일하면서 어깨너머로 수타 기술을 배워서 주방장이 되었다고 합니다. 그리고 딸이 둘 딸린 과부를 만나서 잘 키우고 있었는데, 부인이 백혈병으로 세상을 떠나고 말았습니다. 애지중지 키우던 딸 둘을 처제에게 보내게 됐고, 자신은 당뇨병에 걸려버리고 말았다고 합니다. 파란만장한 그의 삶이 그의 성격을 그렇게 만들어 버린 것 같아 마음이 아팠습니다. 악을 써야만 살아남을 수 있고 밥이라도 한 그릇 얻어먹을 수 있었던 삶이었습니다.

그동안 자신에게만 유독 차갑게 대하던 목사가 다가와 얘기를 하니 감동이었는지, 눈물을 훔칩니다. '씨발'은 욕이 아니라고 할 정도로 말끝마다 욕을 달고 살던 동구 씨 교화를 시작했습니다. 잘못할 때마다 지적하면서 고칠 것을 주문했습니다. 가장 중요한 것은 말투로, 도전적인 말투, 욕설이 섞인 말 그리고 웃으면서 말하기, 또 성질난다고 성질부리지 않기 등등. 그러면서 직원들에게 고분고분해졌습니다.

당뇨병을 앓고 있어서 물을 많이 마시는 편인데 아침에 한 번 떠다 주고 나면 낮에는 본인이 스스로 물을 뜨러 가고, 도전적인 말투가 아니고 웃으면서 말을 하려고 노력하는 것이 뚜렷하게 보였습니다. '칭찬에는 고래도 춤춘다.'라는 말처럼 동구 씨가 춤추기 시작했습니다. 평생 밑바닥 인생, 인정받지 못하고 살아온 인생, '제 버릇 개 못 준다.'가 아니고, '제 버릇 개 줄 수 있다.'로 변한 겁니다.

당뇨합병증으로 신장 투석을 해야 할 만큼 건강이 악화하여 투석 전문 요양병원으로 입원시키기 위하여 형을 데리러 온 동생이 '목사님, 이 꼴통을 사람 만들어 주셔서 감사합니다. 형이 얼마나 세상에 있을지 모르지만, 저놈의 성질 좀 안 부리고 살았으면 좋겠습니다.'라고 했습니다. 그 소리를 듣는데 가족들은 얼마나 힘들었겠나 하는 생각에 마음이 아팠습니다.

　내가 기도해주면 늘 흥분을 가라앉히고 평온을 찾았던 동구 씨, 요양병원은 죽어도 안 간다고 성질부리는 것을 마지막으로 축복 기도를 하여 보냈는데, 그 후론 소식이 없습니다. 전화가 없는 국번으로 나오는 것으로 봐선 세상을 떠난 것 같습니다. 목사 속을 어지간히도 썩인 세 사람 가운데 한 사람인 동구 씨 이야기였습니다.

염주와 십자가

·
·
·

두 달 정도 공석으로 있던 '원목' 자리에 목사가 새로 왔다는
말에 다들 난리가 났습니다. 그렇지만 시각장애인을 위한
목회, 그러니까 제도권 교회의 담임 목사에 뜻을 두고 있던
나로서는 과연 내가 이곳에 와야 하는 것이 맞는지 정리되
지 않아 머릿속이 복잡했지만, 내가 할 일이 무엇인지, 왜 이
곳에 하나님께서 보내셨는지, 소명으로 다가왔습니다. 가족
들과 함께 있을 때 다들 예수를 믿고 교회를 다녔다고들 하
지만, 장애인거주시설에 입소하여 가족들과 떨어져 살아야
한다는 상실감 때문에 대부분 사소한 일에도 짜증을 내며
뭔가 모르게 안정되지 못한 모습들이었습니다.

첫 출근 날부터 거주인들과 일대일 면담을 시작했습니다.
강제로 종교활동을 하라고 할 수는 없고, 이분들의 마음 상

태를 알아야 하기 때문이었습니다. 대부분 목사가 와서 좋다고 했습니다. 그런데 할머니 한 분이 계셨습니다. 정말로 인자한 모습, 그때 시각장애인이 된 지 5년 정도 되었다고 하는데, 백발의 어르신이 말소리도 조용조용하고 귀가 어두워 상대방이 큰소리로 대화해야 하는 것 말고는 어디 하나 흠잡을 곳 없이 곱게 연세가 드신 분이었습니다. 새로 온 목사라고 했더니 손을 잡고 그렇게 반가워했습니다. 그러면서 하시는 말씀이 '목사님, 나는 불교 신자입니다. 매일 새벽 5시부터 불경을 외우고 천 개의 염주를 돌립니다. 종교는 다 같다고 생각하니 나에게는 개종하라고 말씀은 하지 마십시오. 그 대신 일요일 예배는 귀가 어두워 못 알아들어도 예의상 참석하겠습니다.'라고 하는 것입니다.

절대로 강요를 하지 않을 테니 마음 편안하게 가지시고, 주일예배도 억지로 참석지 않아도 된다고 했더니, 그렇게 좋아했습니다. 새벽예배 때 거동이 불편한 어르신들을 모시러 생활실에 가면 항상 천 개의 염주를 돌리면서 불경을 외우면서 기도를 하고 계셨습니다. 주일예배에도 사도신경을 고백할 때 당신은 반야심경을 외웠습니다. 예배에 참석하게 되어도 부처님께 기도하라고 했더니 그렇게 한 것 같습니다.

그렇게 2년쯤 됐는데, 갑자기 나를 불렀습니다. 목사님이나 스님이나 다 같다고 생각하므로 긴히 상의할 일이 있다고 했습니다. 당신이 개종하시면 어떻겠냐는 것이었습니다. 하나님도 부처님도 다 같다고 생각하지만, 본인이 시각장애인이 되어 실로암시각장애인복지관 주간 보호실에 다닐 때 예수를 믿었어야 했는데, 이렇게 5년을 버텼고 이제는 예수를 믿을 때가 된 것 같다고 했습니다.

그러면서 예수를 안 믿으려고 했던 이유가 예수를 믿는 사람들이 타 중교인을 저주하는 것을 보았기 때문이라고 했습니다. 예수를 안 믿으면 지옥 간다는 소리를 너무 쉽게 하더라는 얘깁니다. 자신이 절에 다녀오는 길에 만난 많은 기독교인이 그렇게 얘기를 하더랍니다. 그러면서 오늘날 문제가 되는 기독교인들의 옳지 못한 행동들을 일일이 열거했습니다. 정말로 기독교인으로서 목사로서 고개를 들 수가 없었습니다.

그렇지만 이참에 목사님이 허락하시면 개종하겠다는 것입니다. 그래서 '할머니, 개종하지 마세요. 불교 신자로 사셔도 되는데 왜 개종하시려고 하세요?'라고 했더니, 목사님이 이상하다고 합니다. 반가워할 줄 알았더니 개종을 하지 말라는 얘기가 충격이라는 것이었습니다.

할머니는 허튼소리가 아닌 것이 분명했습니다. 그래서 '개종'이라고 생각지 마시고 기도하라고 했더니 예배 시간에 외우는 것을 가르쳐달랍니다. 아마도 사도신경을 말씀하는 것 같습니다. 그래서 외울 수 있도록 녹음을 해드렸습니다. 그리고 새벽예배 후에 따로 생활실에 들러서 간단한 교리를 가르쳐주었습니다. 그랬더니 염주를 주면서 내가 알아서 하라는 것입니다. 기독교로 개종하겠다는 분에게 이걸 돌리라고 할 수도 없고, 그래서 언젠가는 할머니에게 다시 드리기로 맘먹고 보관했습니다. 그런데 기도할 때 뭔가 손에 쥐고 해야 하는데 그게 그렇게 허전한가 봅니다. 그러면서 천주교 신자인 조카는 십자가를 가지고 있는 것을 봤다고 하여 기독교 쇼핑몰에 보니 기도 십자가라는 게 있어서 하나 사드렸습니다. 기도하실 때면 늘 그 십자가를 꼭 붙잡고 간절히 기도했고, 간단한 기독교 교리는 한문에 실력이 있던 분이라 용어들을 쉽게 이해했습니다. 성경을 읽고 싶다고 하여 낭독 성경을 들을 수 있도록 해드렸는데, 얼마나 성경을 들으셨던지 성경에 나오는 얘기들을 설교 시간에 알아듣고 고개를 끄덕이고 웃기도 했습니다. 무엇보다 빨리 죽어야 한다고 하시던 분이 '성경에 나오는 아브라함의 부인 사라만큼만 사세요.'라고 하면 '그렇게 축복 하이소. 하나님 아버지가 오라칼 때까지 살랍니다.'라고 할 정도가 되었습니다. 당신이 소원하시던 대로 하나님의 부르심을 받을 때까지 건강하게 맑은 정신으로 늘 하나님 말씀을 외우시면서 사시다가 주일 오후에 인사하고 집에 간 사이 월요일 아침에 갑자기 몸이 안 좋으셔서 병원 응급실로 가자마자 바로 세상을 떠나셨습니다.

87년을 사신 할머니, 오랜 세월을 불교를 신자로 살아오신 분으로 이곳에서 개종하셨다고 하지만, 자녀들도 불교 신자라 장례예배를 드려야 할지 잠시 고민이 됐습니다. 불교식으로 한다면 우리가 가서 예배를 드린다는 것은 큰 실례가 되는 게 아닌가 하는 생각에, 그래도 예수를 믿고 돌아가셨으니 함께 생활하셨던 어르신들과 예배드리기로 하고 문상하러 갔습니다. 그런데 장례식장에 울려야 할 불경 소리도 없었고, 문상객들만 있었습니다. 예배하기 위해서 앉았는데 영정사진에 '윤정식 성도'라고 쓰여 있었습니다. 누가 '보살'이 아닌 '성도'로 썼을까, 복받치는 감정을 억제할 수 없었습니다. 목사로서 부끄러웠습니다.

"우리 어머니께서 평생을 불교 신자로 살아오셨지만, 돌아가시기 전에 당신이 예수를 믿게 되었다는 것을 공식적으로 자녀들에게 말씀하셨기 때문에 '성도'라고 썼습니다."

그 집안의 어른들이 모두 불교 신자라 '성도'라고 쓰는 것조차 상당히 힘들었다고 하는 것을 훗날 큰아들로부터 전해 들었습니다. 그 감동적인 것은 할머니 유골을 십자가가 그려진 항아리에 담아 안장하는데, 집안 어른들의 반대가 심했다고 합니다. 장례식을 그렇게 한 것도 못마땅한데 유골함까지 이렇게 하냐고, 하지만 평소 할머니의 뜻이었기 때문에 그렇게 장례를 치렀다고 했습니다. 그리고 할머니가 내게 맡겼던 염주는 할머니의 유품과 함께 보내 드렸습니다.

천국에서 만나보자

．
．
．

2011년 출근하는 첫날, 거주인 가운데 특별히 신경을 써야할 사람이 있다고 했습니다. 마흔에 뇌 질환으로 시각장애와 전신마비장애가 동시에 온 희소병을 앓는 거주인이었습니다. 두 번 자살을 시도했으나 실패하고 이곳에 와서 죽는날만 기다리고 있다고 하던 분의 사연입니다.

나를 만나자마자 첫 마디가, '어떻게 죽어야 잘 죽는지'를 생각하고 있다고 했습니다. 너무 도전적이어서 함부로 대화할 수가 없었습니다. 늘 내가 먼저 웃으면서 안내하고 식사할 때 도와주면서 나와 동갑이라는 것에 마음을 조금 열게 됐고, 내가 살아온 이야기를 들으면서 같은 시각장애인이라는 것 때문에 마음을 완전히 열었습니다. 이런저런 얘기를 나누는데, 혀까지 마비되어 발음을 잘 안 되니까 단어는 정확하게 알아들을 수가 없었지만, 내용은 알 수가 있었습니다.

첫 번째 자살 시도는 마비되어가는 몸으로 시멘트 못에 끈으로 목을 맸는데 그 못이 부러지는 바람에 살았고, 또한 동맥을 끊었는데 그때 마침 심방 온 목사님 때문에 자신이 살았다고 했습니다. 어떻게 보면 멀쩡하게 건강하던 사람이 갑자기 이렇게 시각장애인이 되고 전신 마비가 왔으니 얼마나 괴로웠겠나 싶습니다.

조금 친해지고 나서 '누워만 있으니까 심심하지 않으냐, 죽을 때 죽더라도 자살은 안 된다. 그렇게 죽고 싶으면 퇴소해라. 여기서 자살하면 이 시설은 자살을 막지 못한 책임을 지고 폐쇄될 것이고, 그렇게 되면 많은 사람이 당신 때문에 피해를 볼 것이니, 나하고 약속 하나만 하자.'라는 내용이었습니다.

내 말에 공감한다고 하면서 '이 세상에 태어나서 자신은 추호도 남에게 피해를 준 일이 없는데, 이곳에서 자살함으로 남에게 피해를 준다면 스스로 용납할 수 없다.'라고 했습니다. 그러면서 어떻게 하면 좋겠냐고 물어서 누워만 있지 말고 운동하라고 했더니, 본인만을 위하여 특별히 설치한 벽의 안전 대를 붙잡고 걷는 연습을 시작했습니다.

또한, 의지대로 움직일 수 없는 팔다리 때문에 식사할 때도 본인 스스로 먹기는 하는데 숟가락이 입으로 가지 않고 엉뚱한 곳으로 가다 보니 흘리는 게 더 많았습니다. 그래서 양쪽 팔꿈치를 식탁에 대고 왼손으로 밥그릇을 잡고 오른손으로 숟가락질할 수 있게 했는데 심하게 흔들리지 않고 스스로 식사도 할 수 있었습니다. 그 대신 반찬과 국을 밥과 함께 한 그릇에 담아 제공했습니다. 본인 스스로 먹을 수 있다는 것에 굉장히 흐뭇해했습니다. 운동하면서 다리에 힘도 생기게 되면서 안전 대를 잡고 화장실도 다니게 되었습니다. 한 달 사이에 좋아지는 게 표가 날 정도였습니다. 나중에는 팔굽혀펴기도 할 정도로 회복이 되었습니다.

그러면서 CD로 된 오디오 성경이 있는데 한 번 들어보겠느냐고 조심스럽게 얘기했더니 '좋다'는 답변과 함께 2011년 5월부터 CD 한 장을 무조건 스무 번씩, 신구약 성경 104개의 CD를 듣기 시작했습니다. 잠자는 시간, 식사 시간, 예배 시간 그리고 참여할 수 있는 프로그램을 제외하곤 운동하면서 성경을 듣기 시작했습니다. 발음이 잘되지 않으니 누구와도 길게 대화를 나눌 수 없다 보니, 혼자 새벽예배 다녀오면 성경 듣고 운동하기가 일과가 되었습니다. 새벽예배 때는 늘 내가 안내해서 맨 앞자리에서 앉게 했습니다. 이렇게 자신에게 많은 사람이 응원하고 있다는 것을 알게 되면서 조금씩 변하기 시작했습니다.

그리고 병원진단 결과 대뇌와 소뇌가 굳어가고 있었는데 진행이 멈추었다는 것입니다. 하나님께서 불러주실 때까지 절대로 자살 생각은 안 하겠답니다. 몸이 굳어져서 혼자서는 걸을 수 없는 상태이지만, 그래도 흔들리는 손으로 밥은 먹을 수 있으니 감사하고, 눈은 안 보이지만 귀가 잘 들려서 세상의 소리를 들을 수 있으니 감사하고, 발음은 잘 안 되지만 그래도 말을 할 수 있는 게 감사하다고 했습니다.

뇌가 굳어져 가기 때문에 이대로 가면 6개월 정도밖에 살 수 없다는 의사 소견을 가지고 이곳에 왔는데, 그동안 병세가 호전되어 나을 수 있다는 희망도 품게 되었고, 혼자 걸어보겠다고 벽을 잡고 보행도 해보고, 너무 무리하게 운동하는 바람에 근육통도 앓아보고, '어떻게 죽어야 잘 죽는지'를 생각한다는 그가, 이제는 살겠다는 의지가 강하게 생겼습니다. 신약이 개발되어 자신이 임상 대상이 되어 완치는 아니지만, 어느 정도 마비된 몸이 회복할 수 있을 거라는 희망으로 살았습니다.

원래 직업이 실내장식으로, 큰 공사의 실내를 맡아서 할 정도로 실력이 뛰어난 사람이었습니다. 이런 그가 어느 날

스치듯 만났던 인연인데, 군대 다녀오니 다른 남자의 여자가 되어 있더랍니다. 그래서 기다려주지 않은 것을 원망하지도 못하고 잊고 살아왔는데 서른이 넘어서 우연히 건축 현장에서 이 여인을 또 만나게 되었답니다. 그런데 아들 하나 낳고 살다가 남편이 세상을 떠나고 그 험한 현장에서 일하더랍니다. 그렇게 다시 만나 부부의 인연을 맺고 살다가 마흔에 그 병을 얻어 이혼하고 어머니와 살다가 어머니가 세상을 떠나자 이곳으로 온 것이었습니다.

6개월 시한부였지만 5년을 잘 버텨주었는데 갑자기 몸 상태가 안 좋아졌습니다. 자리에서 일어나 앉는 것도, 안전 대를 잡고 일어나는 것도, 휠체어에 앉는 것도, 혼자 식사도 할 수가 없었습니다. 아무것도 할 수가 없을 정도로 악화가 되었습니다. 직원들이 밥을 먹이는데 넘기지를 못하고 흘리기 시작했습니다. 어쩔 수 없이 의료시설이 있는 요양병원에 입원했습니다.

며칠 동안 그와 대화를 하면서 한 가지 깨달은 게 있습니다.

성경을 200독 하고 믿음으로 기도하고 죽음을 이길 줄 알았던 그가, 죽음을 두려워하고 있었습니다. 어머니 만나러 천국 가야 하지 않겠느냐고 했을 때 그렇게 좋아하던 그가 아니었습니다. 중심을 잡지 못하고 쓰러지면서 곧 병원 가서 그 신약을 처방받고 호전되기를 바랐습니다. 살겠다는 의지가 있는 것입니다. 그런데 참 바보짓을 했습니다. 그런 그에게 주님께서 평안하게 안아 주시라고 기도하는데 잡은 손을 뿌리쳤습니다. 순간, 당황할 수밖에 없었습니다. 천국을 준비하며 어머니를 만날 수 있다는 소망, 그것은 가짜였습니다. 그는 이 땅에서 더 살고 싶어 했습니다. 이런 그의 모습을 보면서 내가 그동안 천국 설교로 사기를 쳤다고 하는 생각에 마음이 아팠습니다. 천국 가자고 하면 모두가 아멘이라고 대답은 했지만 죽기는 싫었던 것입니다. 얼마 후에 요양병원을 방문했는데 이름을 불러도 몰랐고, 아예 사람을 알아보지 못할 정도로 건강상태가 나빠져 있었습니다. 그리고 2016년 3월에 세상을 떠났습니다. 천국은 먼저 내 마음에 있어야 저 천국도 있는 것입니다.

천국을 믿으니 염려 마시게

. . .

유복자遺腹子로 태어난 딸을 키우며 신앙의 힘으로 평생 홀
로 사신 시각장애인 어르신이 있었습니다. 말로 글로 다 표
현할 수 없는 험난한 세상 여행을 끝내고 귀천을 준비하고
있는 모습을 지켜보는데 마음이 아팠습니다. 신장 기능이
서서히 멈추어 가면서 투석을 한사코 거부했습니다. 투석한
다고 해도 생명이 연장되는 것도 아니고, 그것 때문에 우리
직원들을 성가시게 할 수 없다는 굳은 의지 때문이었습니
다. 당연히 우리는 의사의 지시대로 투석하게 되더라도 어
르신을 돌볼 수 있다고 말씀드렸습니다. 투석 결정은 가족
들이 의사와 상의해서 해야 할 일이지만, 본인은 한사코 거
절했습니다. 통증이 없게 해달라고 기도할 때마다 마음이
아팠습니다. 대신해 줄 수 있는 게 아무것도 없었기 때문에

목사가 기도하자고 하는 것조차도 가식으로 느껴질 것 같아 더욱 마음이 아팠습니다. 세상에 가식으로 기도하는 목사가 어디 있겠습니까마는, 그만큼 죽음은 우리를 힘들게 하는 것 같습니다.

이분은 살아온 삶만큼이나 성격도 유별났습니다. 자신이 좋아하는 거주인과만 대화하고 타 거주인들에게는 마음에 안 들면 상대가 누가 되었든지 상처 주는 말을 서슴없이 했습니다. 게다가 아버지도 목사였고 동생도 현직 목사이다 보니 내가 어설프게 보여서 목사로 인정할 수 없었던지, 내 앞에서는 그렇지 않은데 전해 들은 얘기로는 험담을 많이 했다고 합니다. 신장 기능이 거의 다 되어 딸이 강제로 요양 병원에 입원을 시켰습니다. 그곳에 가서도 투석기 줄을 빼내는 바람에 제대로 투석하지 못했다고 합니다. 위급하다는 연락을 받고 살아계실 때 얼굴이라도 본다고 문병했습니다.

아직 정신은 맑아서 목소리를 알아듣고 손을 꼭 잡고 놓지를 않았습니다. 한참을 간절하게 기도하는데 어르신의 눈에서 눈물이 흘렀습니다. 끝까지 손을 붙들고, '우리 유능한 목사, 그동안 나 같은 못된 늙은이와 사느라 고생 많았어. 설교도 일품이었고, 날 위해서 기도해주니 내가 천국 갈 수 있을 것 같아.'라고 했습니다. 그리고 '사람이 세상에 태어나서 죽는 것은 정한 이치요, 죽고 난 다음에는 이 세상을 떠나야 한다네. 나는 천국을 믿으니 염려 마시게.'라고 합니다. 이렇게 스스로 죽음을 받아들이는 분에게 내가 해줄 수 있는 말은 아무것도 없었습니다. 일주일 후 하늘나라로 가셨습니다.

'한번 죽는 것은 사람에게 정해진 것이요…'(히 9:27)라고 했습니다. 이렇게 우리 인간은 죽음이라는 치명적인 약점을 가지고 살고 있습니다. 그러나 죽음 앞에 두려워하지 않을 수 있는 것은 주님의 죽음으로 우리가 죄를 용서받았고 우리도 주님처럼 부활하여 하나님의 영광에 들어가게 된다는 소망이 있기 때문일 것입니다.

막걸리 할아버지

> ·
> ·
> ·
> ·

중도에 실명하면서 자신이 살아온 인생의 어느 한순간에 멈추어버린 그 기억 속에서 사셨던 분이 있습니다. 나를 소개할 때는 '김 목사'가 아니라 '김 반장'이라고 했습니다.

1960년대 초, 모 시멘트회사 창업 회원으로 젊음을 불태웠던 분, 그래서 늘 그분의 머릿속엔 작업반장인 '김 반장'이 기억에 남아 있습니다. 그분이 살아온 인생을 다 알 수는 없지만, 타 시설에서 이곳으로 전원해 오고 나서 딸이 아버지를 찾아왔습니다. 딸 얘기를 듣는데, 아버지가 어머니와 자신을 버리고 다른 여자를 얻어서 그곳에서 자식 4남매를 낳았는데 그들은 아버지를 포기했고, 유일하게 호적에 자신이 보호자로 되어 있어서 찾아왔다고 했습니다. 딸이 누군지조차도 알아보지 못하는 아버지를 바라보다가 돌아가면서 하던 말이 가슴이 아팠습니다.

"목사님, 아버지가 나를 기억하고 알아본다면 오지 않았을 것입니다."

그렇게 돌아간 딸, 4년 동안 한 번도 이곳에 찾아오질 않았습니다.

아무것도 모르는 분이지만 그래도 대화는 해야겠다 싶어 '저 김 목산데요, 예수 믿으세요.'라고 하면 '아니야, 나는 원래 불교 신자야. 우리 엄마가 절에 데리고 다녔거든, 그런데 막걸리 한 잔 받아 주면 내가 예수 믿지.'라고 하면서 웃습니다. 이분에게 전도가 무슨 의미가 있겠나 싶기도 합니다. 혼자 걸을 수 없어 휠체어를 이용하고 밥 한 그릇을 거뜬히 드시던 어르신, 갑자기 몸이 안 좋아져서 요양병원에 입원했습니다. 10개월을 그렇게 병원에 계셨는데 '어르신, 오늘 뭐 좀 드셨습니까?'라고 물으면, 열이 올라서 얼음주머니와 산소호흡기에 의지하고 있으면서도 '막걸리요.'라고 합니다. 돌아올 때는 늘 이렇게 인사를 합니다.

"김 반장 가겠습니다. 뭐, 필요한 것 없습니까?"

"예, 막걸리요."

할아버지가 돌아가셨다는 연락을 받고 병원으로 달려갔습니다. 시신이 안치된 영안실 입구에서 5년 만에 딸을 만났습니다. 배다른 동생들은 아버지 시신을 거두는 것조차도 거절했고 합니다. 어릴 때는 원망도 많이 했지만, 낳아주신 아버지를 생각하면 마음이 아프다고 눈물을 훔쳤습니다. 막걸리 할아버지는 빈소도 차라지 못하고 그렇게 쓸쓸하게 한 줌의 재가 되었습니다.

조강지처(糟糠之妻)

:
:
:

'술지게미와 쌀겨로 끼니를 이어가며 고생苦生을 같이해온 아내'란 뜻으로, 곤궁困窮할 때부터 간고艱苦를 함께 겪은 본처本妻를 일컫는 말을 '조강지처糟糠之妻'라고 합니다.

아내와 아들 셋, 그야말로 단란한 가정을 이루고 열심히 일하면서 살았던 서민층의 대표, 영인 씨 이야기입니다.

시골에서 농사를 짓다가 상경하여 처음 갖게 된 직업이 건축이었습니다. 말이 건축이지 쉽게 얘기하면 막노동이었습니다. 그 가운데 배운 것이 건물에 벽돌을 쌓는 기술이어서 몇 명의 인부들을 고용할 정도로 벌이가 괜찮았습니다. 직업이 직업이니만큼 건축 일이 있는 곳이면 전국 어디든 달려가서 열심히 일했습니다. 영인 씨는 자식들과 아내를 위해서라도 몸을 사리지 않고 돈을 벌었습니다. 그리고 일이 끝나면 보름에 한 번이든지 한 달에 한 번이든지 집에 오게 되었고, 또 공사를 맡아달라는 제의가 들어오면 나가서 며칠씩 일을 하는 생활을 10년이 넘게 했습니다. 그런 가운데서도 아들 둘이 아무 탈 없이 무럭무럭 자라주었고, 많은 액수는 아니지만, 그것을 알뜰살뜰 모으는 재미도 있었습니다. 너무 돈 버는 일에 재미가 들려서 그랬는지 남들은 가족여행이라는 것도 한다는데 자신에게는 그게 사치라고 생각되어 더욱 열심히 일에 매달렸습니다. 조금만 고생하면 서울에 작은 아파트 한 채는 장만할 수 있다는 꿈을 꾸면서 말입니다. 그리고 자식들이 초등학교에 입학하게 되고, 자주 이사할 수 있는 상황이 아니어서 그동안 아내에게 주었던 돈만 잘 저축했으면 융자라도 좀 얻고 하면 작은 아파트는 살 수 있을 것으로 생각하고 아내에게 그동안 **저축**한 통장을 가져오라고 했더니 선뜻 내놓지를 않았습니다. 그래서 아파트 살 계획을 설명하고 혹시 누구에게 빌려주었으면 급하게 달라고 할 수 없는 일이니 일단 기한을 주고 우선 전세라도 얻으라고 몇천만 원을 더 주었습니다. 그리고 계속 일거리가 있어서 며칠씩 나가게 되었고, 이사를 해서 얼마간 살았는데, 어느 날, 전화 한 통을 받았는데 월세가 몇 달씩 밀렸다고 독촉하는 집 주인이었습니다. 그 집이 전세가 아니고 월세였습니다. 그래서 아내를 추궁하게 되었고, 그동안 모아 두었으리라 생각했던 돈도 한 푼 없었고, 전세 얻으라고 준 돈도 다 어디다 썼는지 겨우 월세 아파트를 얻어 놓았습니다.

영인 씨의 아내는 서울의 어느 교회에 열심히 다니는 독실한 신자였습니다. 아내의 성화에 못 이겨 그 교회에 1년 정도 출석하면서 세례침례까지 받았고, 나중에 알고 보니 그 돈을 전부 교회에 헌금으로 바쳤습니다. 그때부터 교회에 대한 좋은 감정은 물론이고, 예수 믿는 사람들에 대한 증오가 생겼다고 합니다. 도저히 견딜 수가 없어서 아내와 이혼을 하게 되었고 초등학생 아들 둘을 혼자 키우게 되었습니다. 그러면서 영인 씨는 성실한 가장으로서 또 우리나라의 가장 모범적인 서민층 가정에서 모든 게 뒤죽박죽으로 술로 하루하루를 버티는 삶이 되고 말았습니다. 아들들은 이혼한 아버지와 어머니 사이에서 사춘기를 겪으면서 조금씩 삐뚤어지기 시작했습니다. 그렇게 날마다 술로 지새던 영인 씨의 몸은 나이 60을 넘기면서 막노동의 후유증과 당뇨합병증으로 다리 절단과 더불어 시각장애인이 되고 말았습니다.

이런저런 얘기를 나누다가도 교회에 관한 얘기나 예수 믿는 사람 얘기를 할 때는 고개를 흔들었습니다. 목사로서 그의 아픔에 책임을 통감하며 함께 울 수밖에 없었습니다. 이 마당에 어떻게 하나님을 믿고 의지하면 좋은 일이 있을 거라고 얘기하겠습니까? 다 사기를 치는 것 같은 생각이 들었습니다. 그래서 영인 씨의 아내에게 교회에다 그 많은 돈을 바치게 한 그 목사 욕만 했습니다. 아마도 거룩한 사기를 쳤을 겁니다. 돈 놓고 돈 먹는다고, 분명히 이런 얘기를 했을 겁니다. '하나님께 바치면 30배, 60배, 100배로 갚아 주십니다.', 이 말씀은 돈 내면 이렇게 갚아 준다는 예화가 아닙니다. 부흥사들은 두말할 것도 없고 목사들은 입만 열면 이 성경 구절을 써먹는데 이것은 돈 내면 이만큼 준다는 얘기가 아닙니다.

"목사님! 이곳은 천국입니다. 저 같은 놈도 이런 곳에서 살 수 있다니 참 감사할 일입니다."

영인 씨는 잘린 다리가 밤마다 쑤시고 아파도 그 다리를 감싸고 크게 소리도 못 내고 아파하면서 새벽예배에 나와서 울면서 기도했습니다. 그는 이곳이 천국이라고 늘 입버릇처럼 했습니다. 그래도 술은 못 끊겠는지, 몰래 현장 체험으로 5일 장이 서는 날에 나가면 직원의 눈을 피해서 몰래 소주 한 병씩 먹고 들어와서는 '목사님, 죄송합니다. 평생 술로 살다 보니 쉽게 끊지를 못하네요.'라고 하면서 미안해했습니다.

이런 영인 씨에게 청천벽력 같은 진단이 내려졌습니다. 위암 말기 판정으로 수술도 안 된다고 했습니다. 항암치료만 받아야 한다는데 병원에 입원하기 위하여 이곳을 퇴소할 수밖에 없었습니다.

이제 영인 씨는 어디로 가야 할까요? 나의 간절한 기도에 대한 응답이었을까요? 지금도 열심히 교회를 다니면서, 그간 신학교를 졸업하고 전도사로 살아가고 있는 아내, 그 곁으로 갔습니다.

"내가 예수 믿고, 몸이 아프고 이제 죽을 때가 됐다는 것을 알고 나니 아내를 용서할 수 있는 용기가 생겼습니다."

부인 또한 이혼하고 험난한 세월을 살았을 텐데 세상에서 마지막이 될지도 모를 위암 말기의 남편을 자신이 거두어 주었습니다. 이분 역시 멋진 하나님의 딸입니다.

"내 평생에 선하심과 인자하심이 반드시 나를 따르리니 내가 여호와의 집에 영원히 살리로다"라는 말씀이 제일 좋다던 영인 씨, 그렇게 아내 곁으로 돌아간 뒤에 하나님의 부름을 받았습니다.

싸움닭 할머니

·
·
·
·

'열 손가락 깨물어 안 아픈 손가락이 없다.'라는 속담은 비단 부모와 자식 간의 관계에서만 하는 말은 아닌 것 같습니다. 이곳에 와서 목회자의 심정으로 거주인들을 다 사랑하고 다 좋아하고 다 관심을 가져야 하지만 열 손가락의 길이는 다 다르더라는 것을 깨달았습니다.

인자하고, 사랑이 철철 넘치는 그런 목사가 아니라, 늘 이래서 안 되고, 저래서 안 된다고 하면서, 집에서 아내시각장애인와 어린 딸을 대하듯 시각장애인 어르신들을 대하기 시작했습니다. 쉽게 얘기해서 과잉보호(?)라고 해야 할까, 목사이기 때문에 설교도 했지만, 어르신들의 생활에 관여할 수밖에 없었습니다. 그야말로 70년, 80년 서로 다른 환경에서 살아오신 분들, 성격까지 다르다 보니 이곳에서 서로 마음을 같이 한다는 게 그리 쉬운 것은 아니었습니다. 하루에 몇 번씩 당신들끼리 싸우고, 직원에게 삿대질하면서 대들고, 심지어는 마음에 안 든다고 멱살잡이를 하고, 직원들 눈을 피해 술을 마시고 들어오는 분도 있었습니다. 이 정도가 되다 보니 내가 악역을 할 수밖에 없었습니다. 나이가 많기도 했지만, 목사이기도 하고 같은 시각장애인이기 때문에 서로 마음을 열고 얘기할 수 있었습니다.

직원이고 거주인이고 구별하지 않고 싸우려고 들어서 별명이 싸움닭 할머니, 이분은 상대가 누가 되었든지 자기 마음에 안 들면 성질부터 내고, 화를 못 참으면 다툰 사람 방문 앞에 드러누워서 '나, 죽이라!'라고 소리를 지릅니다. 아무도 이분과는 생활실을 함께 쓰려고 하지도 않았고, 퇴소하겠다는 소리까지 나올 정도였습니다. 당연히 목사 말도 안 들었습니다. 흥분을 가라앉히기 위하여 기도하면 울면서 '아멘, 아멘' 해 놓고, 화가 나면 분이 풀릴 때까지 욕을 했습니다. 심지어는 설교 시간인데 나에게 삿대질하면서 대드니까, '목사님에게 그렇게 대들면 되겠냐?'는 말을 했다고, '네년이 목사 첩년'이냐고 고래고래 소리를 지를 정도였습니다. 그야말로 직원들 누구의 말도 안 듣고 자기 마음대로, 자기 고집대로였습니다.

    그분의 살아온 삶을 보면 충분히 이해하고도 남습니다. 일찍 남편 떠나보내고 막노동 판에서 일하면서 두 아들을 키웠는데 큰아들은 고향에 다녀오다가 교통사고로 아내와 아들만 남겨놓고 먼저 세상을 떠났고, 홀로된 며느리는 그 손자를 데리고 다른 남자와 결혼해 사는데, 남의 자식이 되었다고 하면서도 그 손자를 그렇게 그리워합니다.

    그리고 둘째 아들은 은행에 근무했었는데 당신으로부터 유전이 되어 중도에 시각장애인이 되고 말았습니다. 그것도 그분에겐 한이 되었습니다. 그러나 아들은 가정도 화목하고 열심히 살아가는데도 아들을 볼 때마다 억장이 무너진다고 하소연했습니다. 이런 상황들이 마음의 병이 되고 말았습니다.

    결국은 자신의 성질을 이기지 못하고 혼자 운동한다고 고집을 피우다가 넘어지는 바람에 넓적다리뼈가 골절되어 병원에 입원 중 퇴원하지 못하고 그대로 세상을 떠나고 말았습니다.

창문 넘어 도망친 노인

.
.
.

남자 어르신으로 '인격장애personality disorder' 진단을 받을 정도로 입만 열면 자기 자랑이며, 모든 게 거짓말입니다. 게다가 상대가 누구든지 간에 음담패설淫談悖說을 했습니다. 그러다 보니 늘 외톨이로 이야기 상대가 없었습니다. 젊은 시절에 돈을 번다고 외국으로만 떠돌다가 나이가 들어서 시각장애인이 됐고, 요양 시설을 찾다가 아들이 이곳을 알게 되어 바로 입소했습니다. 가족들을 얼마나 힘들게 했으면 부인이 있는데도 장애인거주시설에 입소를 시켰을까 싶습니다.

자신이 넬슨 만델라 친구요, 세계 167개국을 여행했고, 중국을 13번 다녀온 분, 큰아들이 면담하면서 '우리 아버지는 성령을 받아도 안 변할 겁니다. 힘든 시절도 아닌데 제가 고등학교 다닐 때 엄마는 식당에서 일하고 아버지가 돈을 가져오지 않으니 학비가 없어서 학교에 못 간 적도 있습니다. 목사님, 우리 아버지를 위해서 기도해주십시오.'라고 할 정도로 가족들이 고개를 흔드는 분으로 친구가 한 명도 없다고 합니다. 큰아들 얘기에 의하면 방송국 카메라 감독이 한 사람이 유일한 친구였는데, 지방 촬영이 있을 때 점점 시력을 잃어 가는 아버지가 불쌍하다고 카메라 가방이라도 메게 하고서는 용돈을 조금씩 주었답니다. 이분이 일찍 세상을 떠나는 바람에 그나마 더 외톨이가 되었다고 합니다.

그런데 이곳에 오자마자 한 달 동안 본인의 간식으로 허기를 달래고 식사를 거부하여 우리 직원들을 엄청 힘들게 했습니다. 가족들과 헤어진 것에 대한 항의였을 것입니다. 그런데 이분의 특징은 한겨울에도 땀이 줄줄 난다고 반소매에 늘 부채를 들고 다니면서 부치는 분, 겨울에 방이 덥거나, 여름에 에어컨을 켜지 않거나 하면 자신의 불만을 어필하기 위해 종종 할리우드 액션을 했던 분입니다. 몇 년을 그렇게 생활하면서 잊을만하면 부인과 아들들이 손자와 손녀를 데리고 와서 함께 외식하는 게 유일한 낙이었습니다. 식구들이 자신들이 사는 집에 한 번도 모시고 가지 않았습니다. 이곳에 입소시킨 후 살던 집을 처분하고 다른 곳으로 이사를 하고서는 '집에 가도 머물 곳이 없다.'라고 하면서 이곳에서 잘 지내라고 했다고 합니다.

　그렇게 6년 정도 거주하면서 다른 어르신들과 어울리지도 못하고 늘 혼자 있었는데, 어느 날부터 갑자기 집에 가고 싶다고 하더니 나름대로 머리를 쓰기 시작했습니다. 부인과 아들이 다녀간 얼마 후부터 시위를 벌이기 시작했습니다. 식사 전이나 식사 후에 수도 없이 세숫대야에 물을 떠 달라고 하면서 입을 헹구기 시작했습니다. 원하는 대로 했더니 1시간이 넘도록 60회 이상 세숫대야 물을 갈아 달라고 했습니다. 누가 봐도 비정상적인 행동이었습니다. 식사 못 한다고 하니까, 죽을 끓여서 들고 가면 두세 숟가락 정도 입에 넣는 시늉만 하고 또 입을 헹구는 것이었습니다. 한번은 이분이 창문으로 탈출한 것입니다. 그 좁은 창문으로 어떻게 나갔는지 모르겠지만 벽을 타고 미끄러지듯 땅으로 떨어졌는데 외상도 전혀 없이 멀쩡했습니다. 그래서 '창문 넘어 도망친 노인'입니다.

　가족들에게 등 떠밀려 온 분, 그분의 모든 행동은 가족을 향하여 남편의 존재를, 아버지의 존재를, 할아버지의 존재를 알아 달라는 무언의 시위였습니다. 뇌가 약간 위축되었다는 검진 결과도 있었고, 약간 치매 초기 증상을 보이는 것 같기도 하고, 식사를 거부하여 극도로 건강이 악화한 분을 의료시설이 없는 이곳에서는 도저히 모실 수가 없어서 아들이 요양병원에 입원시킨 후 소식을 모릅니다.

똥 치우는 목사

:
:
:

2011년 4월 1일 첫 출근 후, 10년 세월이 흘렀는데, 가장 가슴 아픈 게, 어린 시절에 너무 일찍 이별을 경험해서일까, 이곳의 어르신들과의 이별입니다. 첫 번째 이별은 선친과 동갑이신 맹학교 선배셨습니다. 평생 안마 일을 해서 강남에 빌딩과 아파트를 소유하고 있을 정도로 상당한 재력가입니다. 일흔이 넘도록 안마원을 운영하다가 갑자기 몸이 안 좋아져서 이곳에 오게 되었습니다. 청력도 약해지고 치매 증상으로 인하여 횡설수설하는 횟수가 늘어나기 시작했습니다. 그래도 목사는 끔찍하게 챙기셨고, 내 말은 나름대로 잘 알아들으셔서 평소 고집이 센 분이었지만, 내 얘기에 잘 수긍하고 따르는 분이었습니다. 날이 갈수록 화장실을 찾지 못하고 헤맬 때가 많아졌고, 예배에도 모시러 가야 할 정도로 그동안 스스로 했던 보행이나 행동이 둔해졌습니다. 그날도 아침 식사 시간이어서 모시러 내려왔는데, 방에 혼자서서 안절부절못하고 있었습니다. 방으로 들어가는데 비염으로 냄새를 잘 맡지 못하는데도 엄청난 냄새가 풍겨왔습니다. 급한 나머지 화장실 앞에서 옷에다 똥을 싸고 말았습니다. 참 난감합니다. 직원들은 이미 식사를 도와주러 식당에 가 있고, 딸이 아기 때 치워본 이후 똥은 처음인데 큰일입니다. 일단을 옷을 벗게 하는데 방바닥으로 많은 양의 대변이 쏟아집니다. 화장지로는 도저히 싸서 버릴 수가 없어서 두 손으로 그것을 모아서 변기에 버리는 식으로 세 번에 걸쳐 버리고 걸레를 빨아서 방을 닦고 난 후에 샤워를 시켜드리는데, 나를 붙들고 대성통곡을 합니다.

"목사님, 목사님, 나 치매 왔나 봐요. 이걸 어쩌면 좋아요. 아이고, 아이고!"

그러면서 하는 얘기가 똥을 싼 기억이 없답니다. 순간적으로 의식이 없었다가 돌아온 것입니다. 그런 후부터 식사를 제대로 하지 못했습니다. 그리고 일요일 저녁밥을 내 손으로 먹여드리고 퇴근했는데, 월요일 아침에 병원에 입원하고 일주일 후에 세상을 떠나셨습니다. 그분의 마지막 똥을 받아낸 것입니다.

그해, 12월에 중증장애인들이 3명이 전원해 왔습니다. 입소하는 날부터 전쟁이 시작되었습니다. 우선 식사 수발입니다. 휠체어만 6대, 하루에 여러 번 반복되는 기저귀 갈기와 목욕시키기 등 일손이 부족할 수밖에 없었습니다. 그래서 직원들과 같이 그 일을 시작했습니다. 어쩌면 이게 진정한 목회가 아닌가 하는 생각과 더불어 교회의 담임목사 자리를 은근히 바랐던 내가 부끄러웠습니다. 그들은 내게 이렇게 얘기를 했습니다. '당신은 목사 같지 않아서 싫다.'라고 말입니다. 목사 같지 않은 이유가 여러 가지가 있겠지만, 나는 다른 목사처럼 무게가 없다는 게 이유였습니다. 쉽게 얘기해서 거룩하게 무게를 좀 잡으라는 것입니다. 여긴 그 무게가 없어도 됩니다. 가슴으로 이들을 돌보면 되는 것입니다. 11년을 돌아보면, 목사로 와서 시각장애인 어르신들과 매일 새벽예배부터 설교도 했지만, 똥도 치우고 목욕도 시키면서 사회복지사의 역할까지 했습니다. 이 일을 하면서 하나님이 내게 시력을 돌려주신 것을 감사했고, 처음부터 가야 할 목사의 길을 순종하지 않았기 때문에 징계로 다른 목사들이 하지 않는 일까지 시켰나 싶은 생각입니다만, 그것은 분명히 아닙니다. 이것이 진정한 목회라는 것을 전하라고 그런 것 같습니다. 그래서 일반 목회보다 자랑스럽습니다. 요즘 목사들이 욕만 먹는 세상인데, 내가 하는 이 일이 진정한 목회라고 한다면 그게 무슨 목회냐고 손가락질하는 사람도 있겠지만, 주님이 말씀하신 섬김이 무엇인지를 바로 깨달았습니다. 어느 곳에서든지 똥 치우고 기저귀 갈고 목욕시키는 일을 거리낌 없이 할 수 있는 목사들이 많이 나오길 바랄 뿐입니다.

경태 씨의 순애보

:
:
:

나와 띠동갑, 그의 파란만장한 삶을 다 얘기할 순 없지만, 결혼하여 아이 둘을 낳고 안마사로 열심히 살다가 마누라 친구와 바람이 나서 가정이 해체되고, 그 여인과 20년 세월을 살아왔습니다. 각자 자녀들이 있고, 혼인신고도 않고 살았으니 그야말로 말이 부부이지, 법적으로는 남이었습니다. 서로의 상처들을 보듬으며 이곳에 입소하여 함께 살았는데, 순희 씨가 이제 나이도 들고 자신이 해줄 수 있는 게 아무것도 없어서 경태 씨에게 짐만 되니 자신은 혼자 나가서 살겠다고 이곳을 퇴소하고 말았습니다.

지병이 있어서 혼자 나가서 살기는 힘든데 고집을 부리고 나가서 가끔 경태 씨와 만났습니다. 그날도 경태 씨와 만나기로 한 날, 그 전날은 나하고도 이런저런 애기로 전화 통화까지 했던 순희 씨, 아침에 세상을 떠나고 말았습니다. 아무리 지병이 있다고 하여도 이렇게 죽을 수 있나 싶은 게 그야말로 허망하기 그지없었습니다. 사실은 아무도 모르게 장례를 치른 후에 순희 씨의 자녀들이 경태 씨에게 얘기해주어서 우리도 알게 됐습니다.

남들보다 유별난 성격으로 우울증 치료까지 받고 있던 순희 씨, 말 한마디라도 실수하면 꼬투리가 잡히다 보니 누구도 가깝게 지내기 힘들었던 사람이었습니다. 그래도 목사라고 나를 끔찍이도 챙겨주었던 순희 씨, 물론 나를 믿고 마음을 열기까지는 엄청난 노력을 했습니다만, 퇴소하면 안 된다고 그렇게 말렸는데 결국 그렇게 두 사람은 따로따로 살게 되었습니다. 경태 씨가 가장 힘들었을 것입니다. 순희 씨의 죽음에 대한 감정을 누구에게도 잘 표현하지 않던 그나 뒷마당에 나와서 꽃나무를 만지고 있었습니다. '형님, 뭐 하세요?'라고 했더니, '목사님, 순희가 심어 놓은 장미랑 꽃나무 만져보고 있었어요.'라고 하는데 마음이 울컥했습니다. 그러면서 하는 얘기가 순희 씨가 어딘가에 꼭 살아 있을 것만 같다는 생각이 든답니다. 어느 날, 불쑥 나타나서 '다 쇼한 거야.'라고 말할 것만 같답니다.

이렇게 홀쩍 순희 씨를 떠나보낸 경태 씨, 늘 방에만 누워 있는 모습이 그렇게 안타까울 수가 없었습니다. 뭐라고 위로를 해야 할까요? 그래도 부부로 20년을 함께 했던 사람이 먼저 떠났으니, 그 빈자리를 누가 채워주겠는가 하는 생각에 더 친근하게 대했습니다. 좋아하는 대중가요 트로트 MP3도 인터넷으로 사주면서 대화를 많이 했습니다. 귀가 어두운 경태 씨, 큰소리로 농담을 건네면서 '형님, 형님' 하는 나를 좋아했습니다.

이런 경태 씨가 숨겨 놨던 마음의 얘기를 꺼냈습니다. 순희 씨가 그렇게 떠나고 나니 누구하고 얘기할 사람도 없고 전화 통화할 사람도 없다고 합니다. 시간이 되면 나랑 족발에 소주 한잔했으면 좋겠답니다. 그런 넋두리를 들으면서 마음이 짠했습니다. 예배 때마다 하나님을 의지하고 믿고 열심히 기도하면 다 해결될 것이라고 설교는 했지만, 진정으로 경태 씨의 마음을 헤아리지 못하고 있었다고 생각하니, '또 내가 사기를 쳤구나.' 하는 생각에 정말로 미안했습니다. 시설 규칙상 안 되지만, 술 한잔 사주고 싶은 생각이 들었습니다. 하나님의 말씀으로 위로를 한답시고 설교는 했지만, 순희 씨가 떠나버린 그 빈자리를 설교로 감동을 주면 치유될 것이라는 착각에 빠졌던 나를 다시 돌아보게 됐습니다.

그런 그에게 엄청난 변화가 생겼습니다. 여자 친구가 생긴 겁니다. 누가 소개했느냐고 아무리 물어도 다음에 얘기해 준다고 하면서 말을 안 합니다. 방에만 누워서 노래만 듣던 경태 씨, 새벽예배 후에 마당에 나와서 걷기 운동을 시작했습니다. 몸에 무리가 갈 정도로 열심히 걷기 운동을 했습니다. 그리고 그 여자 친구를 만나러 일주일에 두세 번은 나가야겠다고 했습니다. 전화도 생활실에서 받는 게 아니라 밖에 나와서 오랫동안 통화를 하는 모습, 방에만 늘 누워있던 경태 씨를 생각하면 보기 좋았습니다. 그래서 농담으로 "형님, 비아그라 드셔야겠어."라고 했더니 약간 상기된 억양으로, '그런 이상한 관계로 만나는 거 아니에요, 순수하게 친구로 만나는 거예요.'라고 했습니다.

그러는 가운데, 내가 대학원 합격 소식을 얘기하고 나서 며칠 있다가 갑자기 찾아왔습니다. 그리고 통장을 내놓으면서 자신이 대학원 등록금을 주고 싶다는 것입니다. 이미 등록을 마쳤다고 했더니, 책이라도 사라면서 그 예금통장을 주는 보니까, 1,000만 원 정도가 있었습니다. 어떻게든지 나를 돕고 싶어 하는 그 마음이 감동이었습니다. 그래서 '형님, 급할 때, 병원이라도 가게 되면 필요하니까 잘 가지고 계시라'고 받지 않았습니다. 못내 아쉬워하는 경태 씨를 잘 달래서 마음을 풀어주었습니다.

그 여자를 자주 만나러 가고 그 여자도 먹을 것도 해다 주고, 그렇게 잘 지내는 것으로 알고 있었는데, 1년쯤 지났는데, 경태 씨가 찾아왔습니다. 그 여자에게 돈을 주었는데, 돈이 필요해서 달라고 하니까, 자꾸 핑계를 대면서 안 주는데 어떻게 하면 좋겠냐고 했습니다. 얘기를 듣고 보니 이 형님, 정말로 젊은 시절 여자들이 많은 따를 수밖에 없겠다는 생각이 들었습니다.

만나서 식사도 하면서 이 여자가 몸이 아프다니까 안마도 해주고 했는데, 돈 얘기를 한 모양입니다. 두말 안 하고 내게 가져왔던 그 통장에다 현금으로 200만 원을 보태서 준 것입니다. 차용증도 없이 1년만 쓰겠다고 해서 믿고 준 건데, 장작 필요해서 달라고 하니까 안 주고 날짜만 미루고 있다고 했습니다. 자초지종을 들어보니 그 여자가 돈이 있는데도 안 주는 게 아니라 친구가 운영하는 가게에 투자했는데 본인도 돈을 못 받고 있다고 하더랍니다. 그러다가 뇌경색으로 편마비가 오는 바람에 요양병원에 입원했습니다. 그야말로 죽 쒀서 개 준 꼴이 된 것입니다.

경태 씨에게 1,200만 원은 전 재산입니다. 그에게 아쉬운 소리를 하고 그것을 준다고 받아 간 그 사람은 살림이 궁해

서도 아니고 단지 친구네 가게에 투자하기 위하여 그 돈을
써 버린 그 여자가 정말 야속하고 미웠습니다. 이럴 때 내가
경태 씨에게 할 수 있는 얘기는 그냥 불쌍한 사람 줬다고 생
각하고 그 돈을 포기하라고 얘기할 수밖에 없었습니다. 앞
뒤 생각 없이 준 그 경태 씨에게도 책임이 있지만, 뇌경색으
로 마비가 와서 병원에 입원한 사람이니 돈이 있겠나 싶기
도 했습니다. 정말로 불쌍한 사람 돈 갖다가 이러면 안 되는
것입니다.

쌍둥이 엄마

· · · ·

양아치 같은 남자 만나 쌍둥이 낳고 살다가 당뇨합병증으로 시각장애인이 되고 방광까지 망가져 버린 미래가 없을 것 같은 여인이 있습니다. 인슐린을 하루 세 번씩 주사했습니다. 식후 혈당이 보통 300이었습니다. 술만 마시면 두들겨 패는 남편을 피해서 살던 여인숙에서 도망쳤습니다. 남편의 안내 없이는 한 발자국도 움직이지 못하던 사람이 살겠다고 그 지옥을 탈출한 것입니다.

살아온 얘기를 들어보면 참으로 기구한 인생이었습니다. 대구의 한 고아원에서 폭력에 시달리다 16살에 무조건 도망쳐 나와서 봉제공장을 전전하다가 자신보다 17살이나 많은 부인과 딸이 있는 이 사람을 만나서 쌍둥이 아들을 낳았습니다. 일정한 직업이 없는 이 남자는 미선 씨를 계속 봉제공장에서 일을 시켰고, 집도 없이 여인숙을 전전하면서 아이들을 키우면서 살았습니다. 그런데 술만 마시면 개가 되는 것입니다. 아이들까지 때리는데 그 폭행을 참으면서 살았습니다. 그러면서 아이들이 고등학교만 졸업하고 모두 독립하고, 어느 날 눈이 흐릿하여 병원을 찾았는데 치료 한 번 못 해보고 당뇨합병증으로 실명하고 말았습니다. 갑자기 안 보이게 되니 아무것도 할 수가 없었고, 모든 것을 남편이 다 해주었습니다. 맨정신으로는 잘해 주었는데 술만 마시면 때렸습니다. 그날도 술을 마시고 때리다가 잠이 들었고, 그 틈을 타서 혼자 무작정 밖으로 나와서 더듬거리고 있는데 지나가던 사람이 시각장애인 여성단체에 데려다주었습니다. 그리고 병원에서 치료를 받고 퇴원하면서 남편과 분리하여 바로 이곳에 입소하게 됐습니다.

그리고 몇 달 후에 이곳에 있다는 것을 알게 된 남편이 찾아왔습니다. 아무리 남편이어도 그냥 만나게 할 수가 없었습니다. 본인도 절대로 혼자서는 안 만나겠다고 하여 나와 함께 만나기로 했습니다. 그날도 술을 마시고 왔습니다. 내가 목사라고 하니까 공손하게 인사를 했습니다만, 부인을 보자마자 쌍욕을 하면서 때리려고 하는 것입니다. 그래서 내가 강하게 막아섰습니다. 사연을 알고 있던 터라 그 모습을 보는데 순간적으로 화가 치밀어서 '야! 개새끼야. 너도 사람이냐? 어린 애 데려다가 개고생시키다가 이제 장님까지 만들어 놓고, 여기 와서 뭐 하는 짓이야? 이 쌍놈의 새끼야!' 라고 했더니, 때리려고 들었던 주먹을 내려놓았습니다. 흥분을 진정시키고 둘을 앉혀 놓고 얘기를 시작했습니다. 앞으로 여기 찾아와서 행패 부리면 바로 경찰 부르겠고, 미선 씨는 치료하지 않았으면 이미 죽었을 사람이니 죽었다고 생각하고 절대로 찾아오지 말라고 했습니다. 그렇게 어르고 달래서 보냈습니다.

그런데 부부는 이런가 봅니다. 글쎄, 미선 씨가 남편과 통화를 하고 지내는 것입니다. 내가 욕을 한 것처럼 '개새끼'는 아니었던 것입니다. 정말로 일하기 싫어서 집도 없이 여관방을 전전하면서 그날 벌어 그날 먹고 살았던 미래가 없는 가족이었습니다. 그래도 미선 씨는 자신이 시각장애인이 되고 나서는 남편이 식사도 챙겨주면서 수발해 주어서 고맙다고 했습니다. 술만 마시면 그런지 것이지 평소에는 너무 좋다고 역성을 드는 것을 보니, 그래서 부부라고 하는 것 같습니다. 내가 둘 사이에 관여할 수가 없었습니다. 두 번째 찾아올 때부터는 어떻게든지 일을 해서 월세방이라도 얻어서 데리고 가겠다고 약속도 하고 이것저것 챙겨서 가지고 오기도 했습니다. 항상 둘이 만날 때는 내가 배석을 했고, 대화할 때만 자리를 피해주었습니다.

그 후에 남편도 노숙인 공동체에 입소하여 소일거리를 하면서 살게 되었고 술도 끊고 안정을 되찾아 가던 중 갑자기 다리가 아파서 오지는 못하고 전화 통화만 하면서 지냈습니다. 그러면서 아버지의 폭력에 집을 나갔던 쌍둥이 아들들이 미선 씨와 연락이 닿아 한 달에 한 번 정도 자신들의 집으로 데리고 가서 며칠씩 지냈습니다. 아들들은 아버지는 안 만나도 함께 고생한 어머니는 끔찍하게 챙겼습니다. 남편의 지병인 전립선암이 온몸으로 전이되면서 투병하던 중 급성폐렴으로 위독하다는 연락을 받고 미선 씨가 병원으로 간 며칠 후에 세상을 떠나고 말았습니다. 문상하러 갔는데 그곳 원장님이 '이곳 노숙인들의 죽음은 눈물이 없습니다. 가족이 없으니까요. 연락해도 가족들이 오질 않습니다. 그런데 우리 이선호 씨는 참 행복합니다. 부인이 있지요. 아들들도 아버지를 용서 못 하겠다고 했지만, 의식이 있을 때 와서 용서하고 세 식구가 임종을 지켰습니다. 아버지의 주검을 붙들고 세 식구가 서럽게 우는데 우리 모두 울었습니다. 우리 공동체병원 개원 이래 처음 있는 일입니다. 문상객도 처음입니다.'라고 했습니다.

그렇게 남편을 보내고 온 미선 씨, 몇 개월 후에 뇌졸중이 왔는데 우리 직원들의 빠른 조처로 황금 시간을 지켜서 살 수 있었습니다. 병원에 입원 치료 후에 완치하여 퇴원하였습니다. 인슐린도 투여량도 많이 줄었고, 혈당도 안정되었습니다. 열심히 운동도 하고 물리치료도 하고, 두 번의 고비를 넘기고, 미래가 없을 것 같은 여인이 미래가 생겼습니다. 두 아들이 결혼하고 손자 소녀 보는 게 미선 씨 미래의 희망입니다.

친구 엄마

"어머니, 애들 전화 왔어?"

"아니, 안 왔어."

우리네 어머니는 먹고살기 어려운 시절, 자신이 굶는 한이 있더라도 자식들 굶기지 않고 훌륭하게 키워내셨습니다. 게다가 손자, 소녀들까지 키우셨는데, 어쩌면 그 녀석들 커 가는 재미로 사셨는지도 모르는데, 몸이 아프다는 이유 하나만으로 자녀들과 떨어져 지낼 수밖에 없습니다. 오히려 집에서 모시는 것보다 이런 시설이 더 서비스가 좋은 것도 사실입니다. 당신들 스스로 자식들에게 짐이 되기 싫어서 이 길을 선택했지만, 모시는 내가 생각할 때는 이것도 생이별이 아니겠는가 하는 생각을 합니다.

오래전에 친구 어머님이 와 계셨습니다. 친구 어머님이라

오시지 않았으면 했지만, 그 당시 맹학교 동기인 복지관 관장현 법인 상임이사과 내가 원목으로 있는 곳이 미덥다고 막무가내로 이곳으로 모셨습니다. 시무하던 교회에서 뵐 때만 해도 정정하셨는데 몇 년 사이에 귀도 많이 안 들리시고 혼자 걷지도 못하실 만큼 많이 안 좋아지셨습니다. 희미해진 시력으로 나를 알아보시는지 반갑게 손을 잡기는 하셨지만 잘 모르는 것 같았습니다. 집에만 가고 싶어 하고 자식들만 찾으니 대화가 되질 않습니다. 나와의 대화는 고작 '어머니, 희성이 전화 왔어? 몸 아픈 데 없어? 애들 생각하지 말고 여기서 잘 지내셔.' 등등입니다.

오늘 아침에 은근히 부아가 났습니다. 전화 수신 명세를 보니 그래도 자식 중에 유일한 통화가 이 친구밖에 없습니다. 이 친구가 제일 만만합니다. 전화를 걸었습니다.

"야, 이 자식아! 뭐 하나? 바쁘냐?"

"어~! 김 목사?"

"그래 이 자식아. 엄마한테 전화 좀 해라. 주일마다 이곳에 와서 예배하고 엄마 안마해드린다며? 그리고 동생들과 누나들은 뭐 하나? 전화도 못 하냐? 야! 하루에 한 번씩 해라."

사실 6남매 중에 위로 형, 누나 둘, 그리고 친구 녀석이고 아래로 남동생, 여동생 이렇게 있는데, 시각장애인인 이 친구가 어머니를 모셨습니다. 장애인 자식을 둔 어머니 마음은 그만큼 더 애틋한 것 같습니다. '그래도 자식 노릇을 하는 건 희성이밖에 없어.'라고 늘 입버릇처럼 말씀하셨는데, 어머니가 아프니 어쩔 수 없이 이곳에 모셔야 하는 친구의 심정을 헤아릴 수 있을 것 같습니다.

오랜만에 전화를 걸어 너무 심하게 했나 싶기도 합니다. 친구인 나를 믿고 이곳에 모셨는데 욕을 해댔으니 기분이 상하기도 했겠습니다. 이런저런 얘기를 들으니 녀석도 혼자 올 수 있는 것도 아니고, 학교 일이 너무 바빠서 찾아뵐 수 없었다고 합니다. 어머니랑 통화하라고 하면서 그랬습니다.

"이 자식아! 난 이곳에 엄마가 일곱 분이나 계셔. 넌 엄마가 한 분밖에 안 계시잖아. 6남매가 요일별로 전화해도 되겠다. 효도해라. 엄마 언제까지 사시겠냐?"

어머니는 1년 정도 더 사시다가 지병 악화로 요양병원으로 가서서 하늘나라로 가셨습니다.

이곳에 있으면 간절한 것은 자녀들의 안부 전화 한 통입니다. 오랜만에 오면서 연세 드신 분들 몸에 좋지도 않은 먹을 것을 잔뜩 들고 와 생색이나 내고, 금방 돌아서는 자녀들을 보면 마음이 아픕니다. 그리고 아버지가 오지 말란다고 아예 안 오는 자식도 있고, 그래도 부모님 모시고 나가서 식사라도 한 끼 대접하는 자녀들도 있기는 하지만, 나갔다가 와서는 우리 밥이 더 맛있다고 합니다. 그런 것 말고 전화라도 자주 드리는 것입니다.

자녀들을 왜 그렇게 기다리냐고, 이곳에 있는 우리를 아들딸로 생각하라고, 우리가 아들딸보다 낫지 않느냐고 하면 모두 이구동성으로 그렇다고 합니다. 그리고 고맙다고 합니다. 그래도 당신이 낳은 아들딸을 기다립니다. 그래서 부모님과 자식 사이를 천연天緣이라고 하는가 봅니다.

1970년 8월 15일생

.
.
.
.

나이가 들면 아기가 된다고 하는데 영원한 아기가 있습니다. 타 시설에서 전원해 온 거주인으로 무연고이며, 서류상의 출생은 1970년 8월 15일로 추정, 길에 버려진 아이를 발견하여 시설에 입소시킨 날이라고 합니다. 정확한 나이는 아무도 모릅니다. 3살에 멈춰 버린 지능, 그리고 시각장애, 언어 구사는 '아파, 가자, 엄마, 아빠' 정도입니다. 게다가 방광 기능이 멈춰버려 관을 통해 소변을 배출하고 있는데, 조금씩 나오는 소변 때문에 항상 기저귀를 해주어야 합니다. 영락없는 아기입니다. 긴 세월을 어떻게 살았는지 알 수가 없습니다. 그런데 이 친구, '아기들이 콧바람 쐬면 밖에 나가 자고 보챈다.'라는 말이 있듯이 산책, 현장 체험, 옷 사러 시장도 데리고 가고 했더니, 그야말로 콧바람이 들어갔나 봅니다. 시도 때도 없이 밤낮도 없이 가자고 보채는 통에 애를 먹었습니다. 그런데 이 아기가 사람을 알고 그러는 건지 특정 직원에게만 보채는 것입니다. 요즘도 내 목소리만 들리면 '아버지, 아버지' 하고 부릅니다만, 처음 이곳에 전원해 와서 정말로 애를 먹었습니다. 밤과 낮을 가리지 않기 때문에 야간 근무자가 여간 고생하는 게 아닙니다.

그날도 낮에 생활실에서 근무하는데 내 목소리를 듣더니 노래를 부르러 가자고 조르는 것입니다. 찬송가나 가요를 불러주면 앉아서 따라 부르기도 하고 보채지를 않습니다. 낮에는 배가 아프다고 하면서 병원을 가자고 졸라서 2시간이 넘도록 배 안마를 해주었습니다. 전직 안마사의 손으로 딱딱하던 배를 완전히 풀어주었습니다. 그랬더니 배 아프다는 소리는 쏙 들어갔습니다.

이런 일만이 아니고 계속 생활실을 돌아다니니까 감당이 안 되는 것입니다. 그런데 의료적으로도 우리가 챙겨야 할 부분이 많습니다. 10년 동안 돌보면서 몸이 약하여 죽을 고비도 넘겼습니다. 탈장 수술, 고환절제 수술, 최근에는 뇌에 물이 차는 물뇌증뇌수종까지 수술했습니다. 빨리 발견하여 치료를 잘 받고 건강해졌습니다. 달고 있던 소변을 받아내던 폴리백을 제거하고 시간마다 기저귀를 갈아 주고 있습니다.

그리고 어떻게든 기력을 되찾아주기 위하여 흑염소와 용봉탕 등 비타민 영양제까지 먹게 하고 있습니다. 이 친구의 삶은 인동초와 같습니다. 허무하게 스러지는 생명도 많지만 그렇게 밟히고 밟혀도 끈질기게 살아남아서 우리에게까지 섬길 기회를 준 것입니다. 지금도 온 방을 헤매고 다닙니다. 많이 쇠약해져서 걸을 수는 없지만 계속 끊임없이 '신, 신, 바지, 바지' 하면서 돕니다. 내 목소리만 들리면, '아버지, 아버지, 아파. 병원 가.'라면서 기어 옵니다. '어디 아파?'라고 물으면 10년 동안 '이 아파. 병원, 병원'이라고 합니다. 언제 이 세상 여행을 끝낼지, 귀천하는 그 날까지 열심히 섬기겠습니다.

한(恨)

. . . .

우리 어르신들은 모두가 한恨이 있습니다. 그래서 그런지 기도하고 찬양하고 매일 새벽에 예배를 드리지만, 자신들의 감정을 다스리지 못할 때가 종종 있습니다. 10여 년을 함께한 어르신들을 보면 많이 변한 것을 알 수가 있습니다. 과거에 고집도 세고 한 성질 하셨던 분들이 온순해졌다고 표현을 해야 할까요? 이제는 언성을 높이는 어르신들이 거의 없습니다.

이 한이라는 단어의 뜻을 보면, '몹시 원망스럽고 억울하거나 안타깝고 슬퍼 응어리진 마음'이라고 되어 있습니다. 정신분석학적으로 보면 한국인의 한은 열렬한 그리움과 더불어 뜻을 이루지 못한 좌절감, 표출할 수 없는 적개심 등 감정의 복합개념이라는 특징이 있습니다.

세상에 한이 없는 사람은 아마도 없을 것입니다. 세상을 살아가다 보면 이러한 한이 생길 수밖에 없는데, 돈 때문에 생기고, 사람 때문에 생기고, 일 때문에 생기고…, 한이 생길 일이 너무도 많습니다. 그런데 중요한 게 있습니다. 이 한을 어떻게 처리하는가가 문제입니다. 대부분 제대로 처리하지 못하여 늘 우울한 삶을 살아가게 되는 것입니다.

우리 어르신 가운데 잔존 시력을 의지하여 성경도 보고 찬송가 가사도 외우면서 긍정으로 사시던 분이 있습니다. 살아온 세월에는 또 하나의 한을 품고, IMF 때 부도로 말미암아 사업 실패 후에 소식이 끊어진 아들을 애타게 기다리는 어르신입니다. 가끔 우울한 말씀도 하지만 예수를 믿고 의지하여 극복해 가는 모습을 보면서, 식자識者들은 예수를 갈기갈기 찢어 놓지만, 이분에게는 꼭 필요한 분이구나 하는 생각이 듭니다. 우리 곁에 계신 예수는 한을 풀어주는 분이요, 건강도 책임져 주는 분이기 때문에 그렇습니다.

훌라후프를 돌리기 시작하면 쉬지 않고 5천 개씩 돌리시던 왕성한 체력입니다. 그래서 별명이 '훌라후프 할머니'입니다. 과거 건축 현장에서 일하시던 분인데도 한번 체력이 떨어지니까 회복이 더딥니다. 그러면서 그 잔존 시력마저 갑자기 안 보이게 되면서 딸을 그렇게 보고 싶어 하여 잠시

만 다녀오시라고 모셔다드렸는데, 코로나19 바이러스가 전국을 휩쓸었습니다.

그리고 며칠 뒤, 딸과 통화를 하는데 어르신이 이곳에 오지 않겠다고 하신다고 합니다. 딸도 한약 좀 드시게 하고 기력이 회복되면 모시고 오겠다고 해서 오랜만에 딸 집에 가계시니 편안하신가 보다 했는데 몇 달이 지난 다음에 기력이 더 나빠지셔서 요양병원으로 보내겠다고 연락이 왔습니다. 여기 계실 때 그 정도는 아니었고, 조금 보이시던 시력이 갑자기 안 보여 마음이 힘들어 하는 줄 알고 자식들과 잠시 있으면서 심리적으로 안정하고 오시라고 보내드린 건데, 왜 오기 싫어하실까 싶어서 본인과 직접 전화 통화를 하는데 기억력도 또렷하시고, 하시는 말씀이, '목사님, 빨리 가고 싶어요. 낮에는 혼자 있어요. 심심해서 죽겠어요.'라고 하시는 것입니다. 다음날 직원회의를 통해서 일단은 우리가 모시고 와서 도저히 돌볼 수 없으면 요양병원을 소개하기로 하고 우리가 직접 가서 모시고 왔습니다. 그런데 정말로 잘 걷지도 못하고 얼굴이 햇빛을 보지 못하여 해쓱합니다. 체격도 많이 야위셨습니다. 그래도 정신은 또렷하시고, 차에서 내리는데 인사를 했더니 '아이고, 목사님 못 보는 줄 알았어요."라면서 우시는데 울컥했습니다. 그렇게 모셔서 지극정

성으로 돌봐드렸습니다. 5개월 만에 기력을 되찾으시고, 식사도 잘 드시고, 지금이라도 훌라후프 돌리라고 하면 하시겠다고 훌라후프를 찾을 정도로 회복하셨습니다. 평소에도 '권사님, 사라만큼 사세요.'라고 하면, '네, 목사님 127세까지는 살 겁니다.'라면서 삶의 의지를 보이신 권사님, 다시 하시는 말씀이 곧 죽을 것 같더니 백 세까지는 살 수 있을 것 같다고 합니다.

당신이 이곳에 10년 동안 있으면서 노인수당과 장애인수당을 저축하여 목돈을 좀 마련해 둔 게 있었습니다. 당신에게는 꽤 큰 액수입니다. 그것을 나에게 맡기는 것을 아무리 목사라도 돈은 맡을 수가 없으니 은행에 저축해 두시라고 했습니다. 그런데 딸 집에 가 있으면서 그 돈을 다 찾아서 딸을 줘 버린 것입니다. 딸이 돈 있는 것을 알고 달라고 하여 주었다고 하는데 이것을 어떻게 생각해야 할까요? 어머니야, 당연히 딸이 달라고 하면 주시겠지만, 달라고 하는 딸은 뭔가 싶습니다. 그것을 빼간 딸을 생각하면 마음이 아픕니다만, 그래도 어르신 마음을 편하게 해드리기 위하여 이렇게 말씀드렸습니다.

"권사님, 저라도 딸이 돈 달라고 하면 줄 겁니다. 그래도 어려운 딸 준 것이니, 다 잊어버리세요."

"그럼요. 신경 안 써요. 그런데 그때 목사님이 맡아 달라니까 안 맡아 주셔서 그렇지요. 돈 있는데 안 줄 수도 없고, 돈은 한 푼도 없는데, 보청기 잃어버린 줄 알고 큰 걱정 했는데 보청기 찾았으니 괜찮아요. 하하하."

직원이 '할머니, 딸 안 보고 싶으세요?'라고 하니까, '왜 안 보고 싶어. 보고 싶지.'라고 하는 소리를 듣는데, 정말로 부아가 치밉니다. 자식들 말대로 요양병원으로 보냈으면, 어떻게 되셨을까? 늘 긍정으로 사시는 어르신, 같이 산책하면서 내가 무릎이 아프다고 했더니 24살이나 더 먹은 자신보다 다리가 그렇게 약하냐고 핀잔을 들었습니다.

딸 집에서 돌아온 후 기력을 찾으시고 1년 6개월을 잘 지냈는데, 갑자기 치매 증상이 나타나더니 이상한 행동을 하기 시작했습니다. 소식이 끊어진 아들부터 찾기 시작하고 계속 앞뒤가 맞지 않는 말과 더불어 계속 기도하는 흉내를 내더니 폭력적으로 변해 갔습니다. 부랴부랴 병원에서 MRI촬영 했는데 치매 말기 진단을 받았습니다. 그렇게 한두 달 사이에 나빠질 수 있는지 모르지만, 식사도 못 하고 잠도 못 자고 결국 요양병원에 입원을 시킬 수밖에 없었습니다. 회복되어 돌아오길 모두가 기도하고 있는데, 어떻게 될지 모르겠습니다. 가슴의 한도 다 털어버리시길 간절히 기도합니다.

맥가이버 목사

· · · ·

실로암효명의집은 고령의 시각장애인들이 거주하기도 하고 발달장애, 뇌병변장애, 청각장애와 시각중복장애(시청각, 발달)인들이 함께 생활하고 있습니다. 아침에 기상하면 용변 처리가 안 되는 중증장애인들의 목욕 지원부터 시작하여 하루가 시작됩니다.

원장이 되기 전까지만 해도 한 달에 세 번 정도 야간근무를 했습니다. 그날 새벽에도 아흔이 넘으신 어르신과 이런 저런 얘기로 날을 샜습니다. 아흔이 넘도록 죽지 않고 살아서 시각장애인이 되었다는 신세 한탄을 시작으로 하여 자신 앞으로 등기된 아파트가 있는데, 미국에서 살다가 시각장애인이 되어 한국에 올 때 당신이 가지고 온 등기권리증을 잃어버렸다고 자신에겐 거짓말을 하고 아들이 숨겼다는 것입니다. 이 이야기는 몇 번 들었던 터라, 대답만 해주고 있는데 대뜸 이러십니다.

"목사님, 내 재산을 빼앗으려고 하는 아들놈이 텔레비전을 하나 사 왔는데, 중국산이라 금방 고장이 나서 답답해 죽겠어요. 뉴스라도 들어야 세상 돌아가는 소식을 알 텐데 말입니다."

어르신이 가지고 계신 텔레비전은 모니터 겸용 TV로 케이블방송 중개역할만 하는데 아예 작동이 안 되어 아들이 새것으로 교체해주기로 했다는 것을 알고 있었기 때문에 안 될 것이라고 했더니 그래도 목사가 손보면 될 것 같답니다. '어르신 지금 몇 시인 줄 아세요?'라고 했더니, '오후 2시 아니에요?'라고 하는 것입니다. 어르신이 낮과 밤을 착각하고 계셨던 것입니다. 다들 주무시는 시간이니 조용히 하자고 말씀드리고 모니터 전원을 넣고 리모컨으로 환경설정부터 시작하여 차근차근 조작해 보았습니다. 그런데 방송이 나옵니다. 그러면서 '할아버지, 텔레비전 나와요.'라고 했더니, '거봐요, 목사님이 손보면 된다고 했잖아요. 그것참, 신기하네. 맥가이버 알아요? 목사님이 맥가이버야.'라고 하면서 좋아합니다. '할아버지가 맥가이버를 어떻게 아세요?'라고 했더니, '목사님, 내가 왕년에 눈 볼 때 맥가이버 칼로 못 고치는 게 없었어요.'라고 하면서 웃습니다.

아흔이 넘으시니 건강 상태가 급격하게 안 좋아지신 어르신, 이젠 혼자서 화장실을 가는 것도 헤매고 계셔서 모시고 가서 용변 보게 한 후 눕혀드리고 나니 새벽 3시 30분, 개인 기도 시간이 됐습니다.

어르신은 한국전쟁 참전 용사 운전병으로 난리를 겪었고, 서울에서 개인택시를 하셨던 분입니다. 88세에 이곳에 오셔서 5년을 함께 사셨던 분, 한여름에도 내복을 입고, 솜이불을 덮고 주무셨습니다. 입소할 때만 해도 어르신의 성격 때문에 직원들이 욕을 많이 먹었습니다. 아들도 고개를 흔들 정도로 성격이 보통이 아니었습니다. 그나마 내가 목사라고 하니까 고분고분 말을 듣기는 하는데, 그것도 잠시뿐입니다. '이 개좆 같은 세상, 이놈의 팔자가 나이 처먹어 눈깔은 멀어서, 아이고, 내 신세야.'로 시작하는 한탄을 듣고 있노라면 얼마나 답답하면 저럴까 싶은 생각에 마음이 무거웠습니다.

천주교 신자로, 세례명이 요셉입니다. 그래도 내가 할 수 있는 것은 기도입니다. '요셉 할아버지 우리 기도합시다.'라고 하면 그때만큼은 온순한 양이 되시는 분, 치매가 심해지시면서 용변 처리가 안 되어 퇴소하여 요양병원에 입원 후 얼마 안 되어 세상을 떠나셨다는 소식을 들었습니다.

대화가 필요해

.
.
.

일흔 살 할아버지 한 분이 입소했습니다. 입소 상담을 통하여 어르신의 상황은 알고 있었지만, 그래도 대답 정도는 하겠지 싶어 '할아버지, 안녕하세요?'라고 했는데, 그냥 웃기만 하고 말을 안 하는 것입니다. 몇 마디 더 붙이는데 계면쩍어합니다. 5남매 중 맏이로 충청도가 고향인데 쉰 살쯤에 부모님이 모두 돌아가시고 서울의 동생 집에서 20년을 살다가 조카가 이곳을 알고 의뢰를 하여 입소하게 된 분입니다. 시골에서 농사를 짓던 분이라 발달장애지적으로 언어 구사 능력이 떨어지는 것 외에는 건강했습니다. 아무래도 시각장애인들이 있는 곳에 오신 분이라 내가 먼저 말도 걸고 이것저것 알려주었습니다. 그런데 자신의 속옷을 개서 장롱 서랍에 정리하고 모든 물건을 스스로 정리해 놓을 정도로 우리의 도움 없이 했습니다.

조금 친해지니까 누가 시키지도 않는데 시각장애인 어르신들을 안내도 해주고, 빗자루 들고 마당도 쓸고, 여름에 꼽등이가 벽에 많이 붙었으면 일일이 빗자루로 쓸어서 잡았습니다. 소일거리가 있으면 할 수 있을 만큼 건강한 분이었습니다. 그런데 문제는 화장실에서 소변을 보고서는 팬티의 주름을 펴는 버릇이 있습니다. 펴면 또 생기고 또 생기고 하는데 그것을 열심히 펴는 것입니다. 워낙 깔끔한 분이라, 본인 스스로 옷매무새를 만지는 행동으로 나타난 것 같습니다. 어르신과 함께 살았던 제수弟嫂에게서 들은 얘긴데, 그냥 두면 2시간 동안도 그렇게 하고 있다고 합니다. 정말로 좁은 집에서 20년 동안 함께 사는데 힘들었다고 했습니다. 강제로 못 하게 할 수는 없고, 어르신 화장실을 가면 내가 가서 소변본 후에 바로 나올 수 있도록 했습니다. 처음에는 팬티 주름을 펴는 습관이 돼서 그런지 잘 안 되었는데 관심을 다른 데로 돌리게 하고 몇 번 시도했습니다. 조금씩 고쳐져서 지금도 펴기는 해도 금방 나옵니다.

그렇게 어르신과 교감을 가지면서 말을 시켜보기로 했습니다. 절대로 먼저 말하는 법이 없습니다. 쳐다보고 웃고 서 있을 때 '이렇게 해줄까요?'라고 하면 '예' 정도로 대답만 했습니다. 직원들이 어르신의 마음을 알아차리고 해주면 좋은데 다 그렇지 못하다 보니 그냥 바라만 보고 있을 때 많았습니다. 그 후부터 직원들과 의논해서 어르신이 무엇인가를 보고 있으면 우리가 먼저 물어보기로 했습니다. 표정이 안 좋으면 '할아버지, 어디 아프세요?'라고 물으면 두통이 있으면 머리를 가리키고 배가 아프면 배를 가리키면서 '아파요.'라고 말을 하기 시작했습니다. 하나 놀라운 발견은 산책하는데 농작물을 가리키면서 '할아버지 이거 뭐예요?'라고 물었더니, 바로 '꽤(깨)요.'라고 자신 있게 말하는 것입니다. 시골에서 농사를 지었던 분이라 나락, 콩, 수수, 옥시기, 감자, 고구마, 배추, 무, 파, 부추, 양파 등등. 하여튼 농작물은 대부분 알고 있었습니다. 말을 못 하는 게 아니고 단어를 말하지 못했던 것입니다. 계속 말을 시키고 했더니 어느 날부터 곧잘 자신의 의사를 표현하기 시작했고, 어느 정도 대화가 가능할 만큼 단어를 구사하고 있습니다. 나랑도 10여 년 같이 있다 보니 어르신의 행동만 봐도 무엇을 원하는지 알 수 있을 정도가 됐습니다.

타고난 복이라고나 할까 치아가 건강하여 건치 상을 타기도 할 정도로 건강한 분으로 약 자체를 안 드시던 분입니다. 그런데 다른 거주인들이 약 먹는 게 그렇게 부러운가 봅니다. 약을 자꾸 쳐다보고 있어서 '할아버지, 약 드시고 싶어요?'라고 했더니, '예'라고 하는 것입니다. 그러나 약을 임의로 드릴 수가 없어서 가지고 있던 건강 음료수를 한 병을 드렸더니, '이 약 먹어 봤시유.'라고 하는 것입니다. 요즘은 비타민C를 약으로 생각하시고 마트에서 사 와서 직원들에게 한 병씩 나누어 주기도 합니다. 요즘은 연세도 있고 하여 혈압이나 변비약만 복용하고 있습니다. 발달장애인이신 분이 올해로 여든한 살이 되셨습니다. 장수하시는데 요즘은 샤워하는 데 꽂혔습니다. 우리 시설에서는 아침저녁으로 발달장애인자폐, 시각 중복 목욕을 지원합니다. 수시로 똥을 얼굴에 바르는 친구는 하루도 여러 번 목욕을 지원하지만, 반드시 아침에는 목욕을 시키는데 자신도 시켜달라는 것입니다. 샤워를 혼자 하시라고 해도 직원이 등을 밀어줘야 한다는 것입니다. 바쁠 때는 야간 근무자가 아침에 5명을 시킬 수 없어서 오전 근무자가 출근한 후에 해준다고 하면 온종일 삐져 있습니다. 요즘은 가끔 '개놈'이라고 욕도 합니다. 그리고 아침에 출근하면 직원이 목욕 안 시켜줬다고 내게 이르는데, 사탕으로 잘 달래서 이해를 시킵니다만, 내 말도 잘 안 듣습니다. 우리 할아버지, 어린아이와 같은 마음으로 평안한 노후가 되시길 기도합니다.

지는 태양이 아름답다

. . . .

거주인이신 맹학교 선배 둘이서 말다툼을 하고서는 한 선
배가 내게 일러바쳤습니다. 이 선배는 이북에서 내려와서
서울에서 살았는데 한국전쟁 직후이긴 해도 포목점을 하던
집안 덕분에 어린 시절을 부유하게 보낸 분입니다. 어릴 때
맹학교 생활을 들어보면 정말로 이런 구두쇠도 없는 것 같
습니다. 맹학교는 내가 다니던 70년대도 그랬지만, 전쟁 직
후에는 더했다고 합니다. 반찬은 고사하고 보리밥이라도
많이만 주면 소원이 없겠다고 할 정도로 열악했습니다. 그
런 중에도 이 선배는 집에서 소고기를 넣어 볶은 고추장을
가지고 와서 먹었다고 합니다. 그런데 절대로 누구와 나누
어 먹는 법이 없었다고 합니다. 그 버릇을 여든이 넘은 지
금도 있습니다. 늘 뭔가를 혼자 그렇게 먹습니다. 당뇨로

인하여 단 음식은 절대로 먹으면 안 된다고 하는데도 숨겨 놓고 새벽에 몰래 먹습니다. 혈당 체크를 하는데 너무 높아서 냉장고를 열어 보니 사탕을 비롯하여 빵, 비스킷 등을 숨겨 놓고 있어서 모두 회수하기도 했습니다. 요즘은 혈당이 덜 오르는 것으로 먹기는 합니다만, 늘 혼자 먹습니다. 그리고 장애인 차량을 이용하고 1,700원이 나왔는데 비싸다고 700원을 깎아서 기사가 물어내야 할 정도로 혼자밖에 모르는 분입니다.

이 선배가 또 다른 선배와 함께 생활실을 사용하고 있는데, 한참 후배이다 보니 둘이서 말다툼이 있었나 봅니다. 내용을 들어보니 아무것도 아닌 일로 대화로 풀 수 있는 문제였습니다. 모든 면에서 조금 달리는 이 선배가 후배에게 3년 전에 있었던 일을 꺼내어 따지다 보니 후배는 후배대로 감정이 상하여 심기가 불편했던 것입니다.

한 분은 일흔 후반, 한 분은 여든이 넘었으니 성격 차이에서 오는 갈등은 당연하고 자연스러운 것입니다. 후배는 선배가 똑같은 내용으로 벌써 세 번째 따지는데, 이번에는 절대로 그냥 넘어갈 수가 없다고 하고, 선배는 나이도 더 많고 본인이 선배인데 자신을 무시한다고 말다툼을 벌인 것입니다. 새벽예배 때나 식사 때나 실내에서 움직일 때는 항상 두 사람이 의지하여 몸이 불편하지 않은 선배가 뇌졸중으로 인하여 좌측이 마비되어 보행이 불편한 후배를 앞에서 인도하며 같이 다녔는데 이제부터는 각자가 따로 다니기로 했다고 합니다.

두 분이 서로 그렇게 지내니까 직원들도 불편하다는 얘기가 나왔습니다. 그래도 어떻게 하겠습니까! 그냥 얘기만 듣는 것으로 끝내고 빨리 화해하기를 바라고 있는데, 그 감정이 골이 너무 오래가는 것 같습니다. 며칠째 따로따로 다니는데 같은 생활실을 함께 사용하니 말을 안 하고 지낸다는 게 얼마나 불편하겠나 싶기도 하여 아무래도 그냥 두어서 안 될 것 같았습니다. 두 분을 화해시킬 방법을 찾는데 대화밖에 없을 것 같습니다. 따로따로 만나서 이런저런 얘기로 맘을 풀어주려는데, 또 서로의 주장만 되풀이했습니다.

혈당을 관리해야 하는 선배는 새벽에 후배가 몰래 간식을 먹는데 도저히 못 참겠더라는 것입니다. 자신은 잘 나누어 주지도 않으면서 후배가 새벽에 혼자 먹는 게 섭섭했던 것입니다. 후배는 선배가 당뇨로 혈당을 관리해야 하니 자신이 먹는 과자를 줄 수가 없었던 것입니다. 정말로 어린아이가 되는 게 맞나 봅니다. 그런저런 섭섭함을 얘기했습니다. 아무튼, 맹학교 기숙사에서의 생활을 보는 것 같았습니다.

아무래도 나와는 오래전부터 막역한 사이로 서로 말이 통하는 선배와 대화를 나누어 보는 수밖에 없었습니다.

"형님, 떠오르는 태양은 아름답지만 금방 중천에 걸리고, 지는 태양도 아름다운데 그 아름다움이 왜 오래가는지 이유를 아시겠습니까? 형님이 선배님 이해하시고 먼저 푸시지요."

"목사님, 내 생각이 짧았습니다. 형님이 하도 같은 소릴 3년째 하길래 화가 좀 났습니다. 바로, 화해하겠습니다."

그래도 과거 밤새워 술잔을 함께 하면서 시각장애인들의 삶을 걱정했던 형님이라 이해가 빨랐습니다. 그리고 하루가 지나서 새벽예배에 나올 때 두 분이 의지하고 왔습니다. 몸이 불편한 후배가 선배의 옷깃을 살짝 잡았는데, 내가 하도 화해하라고 성화를 대니까 화해하는 척했습니다. 뭔가 좀 어색했습니다. 화끈하게 풀지는 않고 한마디씩 말을 함으로 서로 화해가 된 것 같습니다.

이럴 때는 술 한잔이 최고인데, 모두 기저질환이 있으니 마시게 할 수도 없고, 하여튼 시간이 약이 되어 요즘은 잘 지내고 계십니다. 이렇게 지는 태양은 이래서 아름답습니다. 우리 어르신들 모두가 서로 이해하고 사랑하며 사시기를 간절히 기도합니다.

소주 한잔

．
．
．

1997년경에 맹학교 선배 한 분을 만나게 되었습니다. 졸업 기수로 보나 나이로 보나 까마득한 선배인데, 세 번째 사업 실패로 인하여 상당히 어려움을 겪고 있던 터라 의지하고 애기를 많이 나누었던 분이었습니다. 이분의 직업이 예로부터 전해오는 '시각장애인' 하면 떠오르는 '복술'이었습니다. 나름대로 동양철학이니 뭐니 하지만 본인들로서도 내가 '점쟁이요.'라고 말하지 못하는 것 같기도 합니다. 한국 최초의 맹인 전도사 백사겸의 전직이 명복名卜이라는 소리를 들을 만큼 용한 점쟁이였다고 하는데, 그 반열에는 들지는 못하더라도 나름대로 철학을 가지고 역술과 지압원을 함께 운영하며 미아리에서 살았던 선배였습니다. 그런데 운영하던 역술원을 접고 같은 문생역술인들의 계보 출신인 분을 도와서 호

텔 안마원을 운영하게 되었습니다. 나는 그 당시 다니던 신학교를 중단하고 교회만 다니고 있었고, 출장 안마사로 지낼 때라 종종 이 선배와 만나 밤새워 얘기하며 소주잔을 기울이던 그런 사이였습니다. 호텔 안마원 운영에 도움을 요청한 그 사람도 이 선배의 도움이 필요했기 때문에 '실장'이라는 직함을 주어 운영을 맡겼습니다. 아내도 복직되어 그곳에서 일하게 되었고 그 원장과도 함께 자주 만났습니다.

그런데 1년쯤 지나면서 원장이 이분을 내칠 계획을 세웠는데, 아주 치졸했습니다. 역리학회 같은 문생으로 호형호제하는 사이라면 솔직하게 '혼자 운영할 테니 손을 떼 달라.'고 하면 될 텐데, 이분의 성격을 트집 잡아서 스스로 물러나지 않으면 안 되게끔 모함도 하면서 나갈 수밖에 없도록 상황을 만들어 갔습니다. 그 원장이 고인이 되었지만 '참, 나쁜 사람이구나!'라는 생각을 했습니다. 그렇게 그곳을 관둔 선배를 자주 만날 수도 없었고, 우리와 함께 가깝다는 것을 알게 되면서 아내가 교회 행사에 참석했다가 조금 늦게 출근했다는 이유를 들어서 아내도 호텔에서 관두게 했습니다.

그렇게 10년 넘는 세월을 잊고 지냈는데, 이곳에 주일설교 요청을 받고 왔다가 깜짝 놀랐습니다. 이 선배를 만난 것입니다. 아마도 이 선배가 아니었다면 원목으로 오는 것을 결정하는 데 시간이 더 걸렸을지도 모릅니다. 상담하는 가운데 사연을 들으니 너무도 안타깝습니다. 그렇게 쫓겨나듯이 나와서 다시 지압원과 역술원을 시작하려고 하는 데 어려움이 많아 친구와 함께 집을 담보로 사업에 투자했다가 1년도 안 되어 부도가 나고 말았다고 합니다. 그 충격으로 뇌졸중이 왔고 좌측편마비가 오고 말았다고 합니다. 그리고 실의에 빠져 있던 차에 가족들을 힘들게 하지 않는 것은 장애인시설에 입소하는 것인데, 그곳을 찾던 중 실로암효명의집구 실로암요양원 개원 소식을 듣고 이곳에 오게 되었다고 합니다. 혼자집에 있으면 몸이 점점 더 굳어가는 것 같았는데 여기서 몇달을 생활하는데 너무 좋다고 했습니다.

밤새며 술잔을 앞에 놓고 시각장애인들이 할 수 있는 직업이 '안마'인데 이제는 모두 정안인들에게 빼앗기게 되었다고 개탄했던 기억이 생생합니다. 1945년생이니까, 여든을 바라봅니다. 마비된 쪽을 풀어보겠다고 운동을 하고 있는데 점점 더 굳어져 가는 게 표시가 납니다. 게다가 청력도 약해져서 큰 소리로 말을 해도 잘 알아듣지를 못합니다. 늘 책을 읽는 분으로 20년만 젊었어도 신학 공부를 해보고 싶다고 할 정도로 학구파인데, 찬송가 '예수를 나의 구주 삼고'가자신의 간증이라고 합니다. 이 찬양의 가사를 쓴 시각장애인 크로스비 여사를 소개해주었습니다만, 이 형님, 이곳에서 지난 아픈 과거 치유 받고 건강한 노후가 되길 간절히 기도합니다.

요즘 간절한 바람이 있답니다. 그동안 코로나19 바이러스로 인하여 외출이나 외박이 금지하고 있다 보니 외출 외박이 허락되면 나가서 친구들과 LA갈비에 소주 한잔하는 게 소원이랍니다. 일상으로 빨리 회복되기를 기도합니다.

맹신도 권사와 남편

> •
> •
> •

내가 목사 안수받았다고 하는 소문을 듣고 본 교회 주일예배를 가지 않고 맹인교회 예배에 와서 축하해 주었던 맹학교 선배권사 부부 이야기입니다. 남편은 선친과 동갑으로 올해 여든여섯입니다. 5년 전만 해도 산책이나 나들이 때 24년이나 젊은 내가 따라가기가 힘들 정도로 잘 걸었고, 혼자 지팡이 하나만 들고 대중교통을 이용하여 서울을 다녀올 정도로 정정했습니다. 내가 가끔 허리가 아파서 부탁하면 안마로 굳은 근육을 풀어줄 만큼 건강했습니다. 성격도 불같아서 직원들도 대하기가 부담스러웠던 분입니다.

그렇게 건강하시던 분이 병원에 입원했다가 퇴원 후에 갑자기 건강 상태가 나빠지면서 요즘은 걷기조차 힘든 상황이 되었습니다. 병원을 다녀온 후에 성경을 듣고 싶다고 하면서 MP3플레이어를 몇 대를 구매하여 낭독 성경을 복사해 달라고 하여 5년 전부터 지금까지 계속 듣고 계십니다. 정말로 식사 시간과 수면시간 외에는 늘 성경을 듣습니다. MP3 플레이어가 고장이 나서 바꿀 정도였으니까, 5년 동안 천 독은 하지 않았겠나 싶습니다. 3백 독까지는 말씀하시더니 이제는 모르겠다고 합니다. 너무 성경 듣는데 빠져 계셔서 한 번 여쭈어봤습니다.

"왜, 성경을 이렇게 들으세요."

"이거요. 성질 다스리는 데 최곱니다."

그랬는데, 지난번에 새로운 조리사와 서로의 오해에서 빚어진 것이지만 상추쌈을 아예 안 먹습니다. 성경을 만 독을 해도 타고난 육신의 성격은 안 고쳐지는 것 같습니다. 이제 천국 여행을 서서히 준비할 텐데, 이분에겐 이 성경을 읽는 것이 웰다잉의 한 과정이 되시길 기도합니다.

부인이 일반교회 권사로 임직할 만큼 열심인 분인데 이분 또한 성격이 보통이 아닙니다. 원목으로 와서 얼마 동안 이 두 분 때문에 무척 힘들었습니다. 자신들이 없이 살아서 차별을 받는다고 하는 피해의식이 강했습니다. 그런 의식으로 살다 보니 다른 거주인들과도 늘 의견 충돌이 있었습니다. 게다가 일반교회 권사 출신이라는 교만으로 늘 갈등을 겪었습니다. 게다가 거주인들에게 목사님을 잘 섬겨야 복 받으니까 돈을 갖다주라고 부추기기도 했습니다. 어떤 분이 그 말을 믿고 가져왔길래 교회도 마찬가지이고, 장애인거주시설 직원은 돈뿐만 아니라 작은 선물도 받아서는 안 된다고 했더니, 돈이 적어서 안 받은 것이니 더 많이 주라고 할 정도로 유별난 성격 때문에 정말로 힘들었습니다. 내 앞에서는 순하게 순종하는 양처럼 하나님을 두고 맹세한다고 하면서 뒤돌아서서 늘 불평하는 소리가 들려왔습니다. 남을 궁지로 몰고 해코지는 하지 않습니다만, 그분의 삶 가운데 배어 있는 부정적인 생각이 문제였습니다. 하나님의 은혜를 얘기하면서 눈물도 많이 흘리는 분이 왜 이럴까! 불러서 얘기하면서 울면서 안 그러겠다고 하고서는 돌아서면 자신들을 무시한다고 생각하는지, 하도 그래서 강하게 얘기도 해보았지만 소용없었습니다.

우리 직원 모두가 더욱 힘들었던 것은 이 부부가 약도 안 먹고 병원 진료도 거부하는 것입니다. 몇 년 전에 남편이 죽을 고비를 넘기면서 걷는 것도 힘들어지고 여기저기 아픈 곳이 생기면서 생활하는 게 힘들어지자 요즘은 병원도 가고 약도 먹게 됐습니다.

정말로 힘들게 여기까지 왔습니다. 요즘은 많은 변화가

있었습니다. 거주인 대표를 맡겼더니 열심히 일도 하고 어르신들에게 긍정적으로 얘기도 하고 본인이 늘 없어서 무시받는다는 생각보다는 이렇게 살아갈 수 있는 것 모두 하나님의 은혜로 바뀌었습니다. 아직도 못 고치는 게 하나 있습니다. 이 목사를 하나님의 종으로 섬겨야 한다는 것입니다. 평생 기독교인으로 세뇌가 된 결과가 아니겠는가 싶습니다.

그런데 지난번(2021년 12월 25일)에 거실에서 넘어지는 바람에 엉덩관절과 허리가 골절되고 말았습니다. 구급차에 실려 가면서도 '목사님, 기도해주세요. 그러면 병원 안 가도 돼요.'라고 할 정도로, 믿음이 아닌 맹신의 권사님, 다행히 수술도 잘되고 하여 완치되어 퇴원할 수 있다고 합니다. 빨리 돌아오시길 기도하고 있습니다.

노인은 싸우면서 산다

.
.
.
.

'아이들은 싸우면서 큰다.'라는 말이 있습니다. 우리 어린 시절엔 다들 크는 과정에서 일어날 수 있는 일로 생각되어 당사자들끼리 풀도록 놔두는 것도 한 방법이었습니다.

살아가면서 서로 싸우지 않으면 얼마나 좋겠습니까마는, 함께 살다가 보면 사소한 일지만, 의견 충돌이 있을 수 있고, 그러다 보면 언성이 높아지는 때도 있습니다. 특이 이곳은 내가 온 이후로부터 하루도 바람 잘 날이 없었습니다. 항상 할머니들이 싸웠습니다. 문제는 공동체의 평화를 깨는 한 사람 때문에 다들 힘들었습니다. 그분이 병원에 입원해 있는 동안만큼은 평화가 찾아왔습니다. 싸움의 시동을 거는 사람이 없으니까 좋다고 할 정도로 다들 참느라고 힘들었습니다. 그런데 다른 분들이 한바탕 전쟁을 치렀습니다. 전면

전이 아니고 국지전이기는 했지만, 소동이 벌어졌습니다.

4층 생활실이 하나는 부부실이고, 네 분이 두 명씩 생활실을 쓰는데 이 네 명 모두가 전직 점쟁이였습니다. 당연히 넷이서 똘똘 뭉쳐서 언니, 동생 하며 잘 지내면서도 가끔은 다툼이 일어납니다. 생활실을 함께 쓰면서 한 분은 더운 것을 못 참고, 한 분은 추운 것을 참지 못하는 성격인데, 삼복더위에는 선풍기를 끼고 살아야 하고 한 분은 그 바람이 싫다는 것입니다. 무엇보다 두 분 다 에어컨 바람도 싫어했습니다. 그래서 말다툼을 벌이다가 기세에 밀린 할머니가 생활실을 바꾸고 싶다고 찾아왔습니다. 선풍기 문제로 여러 번 갈등을 호소했었고, 이번에는 방을 옮겨서 생활해 보는 것이 서로에게 좋을 것 같다고 생각되어 당장 옮기라고 했습니다. 그런데 선풍기 바람을 싫어하는 할머니가 '이런 식으로 방을 옮겨가면 자신만 나쁜 년이 된다.'라고 하면서 길이길이 뛰었습니다. 결국은 중재를 하여 화해하고 다시 같이 생활하는 것으로 결론이 났습니다. 요즘은 정말로 친하게 잘 지내고 있습니다.

또 한 방은 화약고입니다. 한 분은 성격이 불같고 샘이 많고 욕심이 많은 분이고, 한 분은 이곳에 오기 전에 명복名ㅏ으로 소문난 분이라 대가 좀 세다고나 할까, 그러다 보니 늘 부딪힙니다. 직원들이 이들의 갈등에 개입하여 화해를 시도해 보지만 번번이 직원들이 당하는(?) 경우가 많았습니다. 무슨 얘기냐 하면, 자기네들끼리 싸우고 말다툼을 벌이다가 직원들이 알게 되면 언제 그랬느냐는 듯이 똘똘 뭉치는 것입니다. 당신들은 아무 문제가 없다는 것입니다. 사이좋게 잘 지내는데 별일도 아닌데 왜 직원들이 개입하느냐고 정색하는데 기가 찰 노릇입니다.

이분들을 보면서 아이들이 싸우면서 크는 것도 맞지만 노인은 싸우면서 늙는다고 하는 게 씁쓸합니다. 한편으로 생각이 드는 게 서로의 주장을 펼치다가도 서로 화해하고 언니, 동생 하면서 생활한다는 것은 아직도 힘이 있다는 증거가 아니겠는가 하는 생각을 했습니다. 이런 가운데 한 분이 간암 말기 판정을 받고 갑자기 세상을 떠나면서 이분들의 싸움은 이제 끝이 났습니다. 요즘은 세 분의 점쟁이 할머니들은 사이좋게 잘 지내고 있습니다.

점(占) 봐주고 오세요

　·
　·
　·
　·

우리나라 시각장애인의 직업 중에서 조선 시대부터 내려오는 점복업이라는 게 있습니다. '한국시각장애인의 역사'(저자 임안수)라는 책에 보면, 조선 초기는 숭유억불정책崇儒抑佛政策으로 매복맹인賣卜盲人, 돈을 받고 점쳐 주는 맹인이 천인賤人의 신분으로 전락했던 불행한 시기였다고 합니다. 그러나 점복업은 맹인의 직업으로 크게 발전하게 되었는데, 그 원인으로는 점복업이 맹인의 전업專業이 되었고, 점복업의 학문인 음양학이 관학으로 제도화되었으며, 위로는 국왕으로부터 아래로는 백성에 이르기까지 점 복속이 생활 일부가 되어 기층문화basic culture, 基層文化, 서민 또는 상민(常民)에 의하여 형성된 기저적·계속적 문화를 형성했으며, 점복의 사회적 기능이 중요했기 때문이었다고 합니다. 따라서 맹인은 경제적 자립을 얻었을 뿐만 아니라 사회에 통합된 일원으로 살게 되었다고, 조선 중기에는 천인賤人의 신분에서 벗어나 보다 안정된 생활을 할 수 있게 되었다고 합니다.

현재도 이 점복업이 안마와 더불어 역리학회라는 협회를 통하여 활성화되어 시각장애인 직업군으로 자리하고 있습니다. 조선 시대의 관학으로 제도화된 학문의 음양을 따져서 점복업에 종사하고 있습니다. 서울 성북구 돈암동 일대에 이들의 업소가 많이 자리하고 있습니다.

그런데 이들과 시각장애인 기독교인들과는 보이지 않는 벽이 있는 것도 사실입니다. 무교 형식의 점복업이 아닌데도 이 사람들을 마치 신내림을 받은 무당으로 생각하게 된 것입니다. 그러다 보니 그들에게 복음 전파는 아예 생각지도 않았고, 점복업에 종사하는 사람들 역시 기독교인에 대한 호감이 반감될 수밖에 없었습니다. 간혹 점복업에 종사하다가 예수를 믿게 된 사람들도 있기는 합니다.

이분들의 삶도 눈물 없이는 들을 수 없는 사연입니다. 그런데 어르신 중의 한 분이 여기 오시기 직전까지 점복업에 종사하다가 모두 정리하고 이곳에 입소했다고 했지만, 당신의 고객을 계속 관리하고 있었습니다. 다른 점쟁이 어르신들 얘기를 들어보면 나름대로 실력도 있어서 단골이 많았다고 합니다. 그런데 이곳에 와서도 끊지를 못하고 전화상담도 하고 정기적으로 만나고 있었습니다. 하루는 새벽예배 후에 면담 요청을 하여 이야기를 듣게 됐습니다.

열병으로 시각장애인이 되어 9살에 용한 역술인의 문생으로 들어가서 평생을 점복업에 종사하면서 부처님 앞에 가서 기도하면서도 마음으로는 늘 생각했던 것이 삼라만상森羅萬象이 다 하나님의 창조물이라고 하는 것을 믿었다고 합니다. 그래서 많은 사람의 생사화복生死禍福을 부처님께 빌어주는 일을 했지만, 하나님께서 다 해주시는 것으로 믿는다는 것이었습니다. 용하다는 소문이 나서 이곳에 와서 예수를 믿게 되었다고 해도 자신에게 계속하여 점占을 봐 달라는 사람들이 있다는 것입니다. 단골을 다 정리하지 못했다는 얘기였습니다. 양심상 그냥 있을 수 없고 이 사람들과의 인연을 정리할 수 있는 시간을 주면 이 사람들과 계속 만나면서 예수를 전하고 싶다고 했습니다.

그러면서 하는 얘기가 오랫동안 인연을 맺고 살면서 힘들고 어려울 때마다 찾아와서 점을 봐주는 그런 관계로 어쩌면 가족·친지보다 더 끈끈한 정으로 쉽게 인연을 끊을 수 없는 사이라는 것입니다. 단골들만이라도 관계를 끊지 않고 계속해서 점을 봐주겠다는 얘기였습니다.

이분의 경우는 그냥 음양오행을 따져서 점을 쳐주는 관학 정도가 아니라 신당에 모여서 '청송'이라고 하는 경을 읽는 일을 했습니다. 그래도 두말 안 하고 갔다 오라고 했습니다. 인연 끊지 마시고 끝까지 함께 하라고 했습니다. 안 된다고 할 줄 알았던 목사의 입에서 경을 읽으러 가라고 하니 본인도 놀란 것 같았습니다. 단골들을 만나서 집례는 하겠지만, 그동안 해왔던 청송 외우는 일은 다른 사람에게 맡기겠다고 했습니다. 그래서 청송도 하라고 했습니다. 더욱 깜짝 놀라면서 차마 그것은 못 하겠다는 것이었습니다. 그래서 하나님께서 뭐라고 하시지 않을 거니까 가서서 그분들이 원하는 대로 맘껏 해주고 오라고 했습니다.

"목사님, 정말로 그래도 되겠습니까? 제가 하나님을 믿는 다고 하면서 이 일을 해야 한다는 게 마음에 큰 짐이 되었는데, 목사님 말씀 듣고 기쁜 마음으로 다녀오겠습니다."

평생을 점쟁이로 살았지만, 자녀들과 헤어져 이곳에 여생을 보내고 싶어서 오신 분, 이곳에 왔기 때문에 예수를 믿어야 한다는 것이 압박감으로 다가왔을 텐데 그분에게 하나님의 뜻이라고 하면서 안 된다고, 다 끊으라고 매정하게 말을 할 수가 없었습니다.

그리고 며칠 후, 다녀와서는 본인이 이제 예수를 믿게 되었으니 앞으로 이런 일을 하지 않겠다고 선언했답니다. 그리고 예수를 믿으라고 했더니 조금만 기다려주면 예수를 믿겠다고 다들 얘기했답니다. 마음에 부담을 가졌던 것은 옆방의 맹신도 권사가 한몫했습니다. 예수를 믿으려면 그 사람들을 다 끊어야 한다고 하더랍니다. 마음이 무거웠을 것 같았습니다.

우리가 살아가면서 맺어지게 되는 인연은 그렇게 함부로 끊어서는 안 되는 것입니다. 그리고 하시는 말씀이 이젠 점 보는 것을 안 하기로 했는데, 서로 연락하고 지내니까 자꾸 봐달라고 한답니다. 그래서 봐주라고 했더니, 절대로 안 된답니다. 그냥 음양오행 따져서 길일 잡는 건데, 평생을 이어온 인연을 끊으라는 말은 못 하겠습니다. 그래서 마음을 편안하게 해드리기 위하여 아내와 내가 태어난 생년월일시를 알려주고 일단은 우리의 신수身數를 봐 달라고 했습니다. 그리고 그해 토정비결을 봐달라고 했습니다. 요즘 전화 통화 내용을 들어보면 모두가 어려움을 겪는 분들에게 상담해 주는 내용입니다. 그리고 누구보다도 예배에 열심히 나오고 늘 찬송을 듣고 다닙니다. 요즘 할머니는 누구보다 뜨겁게 신앙생활하고 계십니다.

대형이 엄마

.
.
.

실로암효명의집에 입소하려고 신청한 분 중에 점쟁이가 있다는 소리가 들려왔습니다. 점쟁이가 오겠다는 것은 이곳에 와서 예수를 믿겠다는 것인데, 입소하신 점쟁이 1호 할머니 이야기입니다.

맹학교 다닐 때 나처럼 약시인 후배가 있었습니다. 우연히 사연을 듣고 보니 친어머니가 아닌 새어머니였습니다. 시각장애인 부모였는데 아버지는 역술인으로 자신들 형제를 낳아놓고 어머니가 집을 나가버렸다는 것입니다. 그리고 오신 새어머니도 약시였는데 형제들이 친어머니로 알고 있을 정도로 잘 키우셨답니다. 그래서 그런지 모두가 밝게 지냈습니다. 그리고 졸업 후 서로 사는 게 바쁘다 보니 만나지 못하고 이름만 기억하고 있었는데, 이 할머니가 입소하여 상담하는 가운데 '목사님도 아는 애들 엄마예요.'라고 하면서 '다음에 말씀드릴게요.'라고 했습니다. 후배의 어머니일 것이라고 전혀 생각지 못하고 그냥 그런가 보다 하고 한 1년쯤 지났는데, 함께 산책하면서 살아온 얘기를 하는데 할머니도 파란만장한 삶을 살았습니다. 어린 나이에 점을 배우고 평생을 점쟁이로 살면서 결혼에 한 번 실패하고 두 번째는 시각장애인 남편을 만났다고 합니다. '내가 대형이 엄마예요. 목사님 아시죠?'라고 하면서 웃으시는데 정말로 깜짝 놀랐습니다. 그도 그럴 것이 이 후배가 기숙사에 살지 않고 집에 통학했는데 엄마 자랑을 그렇게 했었기 때문입니다. '그럼, 대형이가 그렇게 자랑하던 그 엄마가 이 엄마예요?'라고 했더니, 그렇답니다. 어릴 때 가서서 후배와 그 동생을 가슴으로 키웠답니다. 그런데 일반 학교에 다니다가 시력이 점점 나빠져서 맹학교로 전학을 시켰다고 했습니다. 그리고 대형이와 동생이 이곳에 방문해서 졸업 후 처음으로 만날 수 있었습니다. '형, 우리 엄마 잘 모셔서 감사합니다. 엄마가 형 자랑 많이 했어요. 제가 사는 게 이렇다 보니 모시지 못해서 죄송합니다.'라고 하는데, 부럽기도 했지만, 가슴이 뭉클했습니다.

할머니가 성가대 활동을 열심히 하고 계시는데, 이곳에 와서 갑자기 탈모증이 왔습니다. 성가대 하느라 스트레스 때문에 그런가 싶어 관두겠다고 해서 그러라고 했더니, 아무리 기도를 해도 자신이 관두면 안 될 것 같다고 계속 지금까지 성가대를 하고 있습니다. 그런데 탈모가 멈추더니 새 머리카락이 많이 나왔다는 것입니다. 자신이 성가대로 계속 섬겼더니 이런 은혜를 받았다고 정말로 기뻐했습니다. 이곳에는 평생을 점쟁이로 살아온 분이 예수 믿고 성가대원으로 열심히 활동하면서 천국을 소망하며 살고 계십니다.

점쟁이 집 아들

.
.
.
.

이곳에 입소하여 주일예배 시간에 '이렇게 하나님 아버지 품에 올 수 있게 되어서 감사합니다.'라고 하여 우리 모두 감동했던 할머니 이야기입니다.

부모님이 과거에 양주현 남양주의 땅 부자로 소문이 날 정도로 부자였다고 합니다. 그런데 할머니가 어릴 때 열병으로 시각장애인이 되었고, 부모님이 당신들이 세상 떠나면 평생 밥이라도 벌어먹으라고 점을 가르쳤다고 합니다. 집안이 부유하다 보니 따로 역술원을 차려주어 손님도 제법 많이 있었다고 합니다. 중매로 정안인 남자와 결혼하여 4남매를 두고 다복하게 살았으면 좋았을 텐데 남편이 잘해 주면서도 바람을 피우더랍니다. 앞도 안 보이는 할머니, 4남매를 키우면서도 끝까지 참아냈다고 합니다. 그 시절은 그럴 수도 있었겠다 싶습니다만, 남편이 그 여자를 집으로 데리고 들어왔답니다. 점을 하면서 많은 사람을 상대하던 실력이라 표시 안 내고 그 여자와 같이 살다가 스스로 물러나게끔 했다고 합니다. 젊은 시절 자신에게 잘해 주기도 했지만, 사업한다고 돌아다니면서 한량閑良으로 살았던 할아버지가 할머니와 백년해로하지 못하고 환갑도 되기 전에 세상을 떠나셨답니다. 내가 어르신들에게 바른 소리를 하면 꼭 당신 남편 같은 분위기라고 하면서 그리워합니다.

그런데 할머니 둘째 아들이 어릴 때부터 교회를 열심히 다녔답니다. 점쟁이 자식이 교회를 다닌다고 하니 동네 소문도 나고, 할머니로서는 도저히 용납이 안 되더랍니다. 그래서 그 아들이 교회를 나가지 못하도록 매도 많이 때리고 그랬답니다. 그런데도 아들은 그 핍박을 다 견디고 끝까지 교회에 가더랍니다. 때리다 때리다 안 되어서 나중에는 포기하고 말았답니다. 그 힘든 가운데서도 아들은 신앙을 포기하지 않았고, 결혼하여 지금까지 자신의 달란트치기공사로 해외 선교사로 봉사도 하면서 어머니를 제일 자주 찾아오는 효자입니다.

할머니가 세례받던 날 그 아들이 제일 기뻐했다는 소리를 듣고 어머니를 만나러 왔길래, 어머니가 이곳에 오셔서 주

일예배에서 첫인사를 '이렇게 하나님 아버지 품에 올 수 있
게 되어서 감사합니다.'라고 인사를 했다고 했더니 울컥하던
모습이 눈에 선합니다. 이 아들도 대단합니다. 어머니를 집
에 모시고 가서 하나님께 회개하라고 해서 마음으로 회개했
다고 했더니, 따라서 하라고 하더랍니다. '하나님, 내가 예전
에 점쟁이로 살면서 우리 아들 교회 가는 것 때문에 매를 많
이 들었습니다. 용서하여 주시옵소서.'라고 고백을 시켰답
니다. 여든이 넘으신 할머니, 열심히 신앙생활 하시면서 조
금 남은 재산 다 자녀들에게 나누어 주고 하루하루 천국을
소망하면서 살고 계십니다.

가시 할머니의 청심환

. . . .

주일예배 마치자마자 갑자기 현기증이 나더니 몸 상태가 이 상했습니다. 오후에 겨우 운전하여 집에 와서 그 길로 누워 서 자다가 깨다가를 반복하면서 하루를 꼬박 앓은 것 같습 니다. 겨우 몸을 추스르고 화요일 오후에 들어왔는데 계속 몸이 안 좋았습니다.

혹시 사다 놓은 몸살약이 없나 싶어 찾는데 청심환현탄액 한 병을 발견하여 먹고 다음 날 거뜬하게 일어났습니다. 간 암 말기 판정을 받고 병원에 입원하신 어르신이 새벽예배 후에 몰래 주셨던 건데 까맣게 잊고 있었습니다.

가시 할머니, 남을 찌르는 말을 잘해서 붙여준 별명입니 다. 시각장애인 점쟁이로 평생을 사시다가 친구 따라 이곳 에 오셔서 예수 믿고 세례받으시고, 병원에 입원하는 날까지 새벽예배 참석하고 귀가 어두워 설교가 잘 안 들린다고 해서 MP3로 녹음해드렸는데 그것을 반복하여 듣고 또 들으시고 늘 점자 성경을 읽으면서 사셨던 할머니입니다. 약한 시력이지만 함께 생활하는 할머니를 늘 안내했습니다.

그래도 나를 목사라고 끔찍하게 챙겨주셨던 분입니다. '피곤할 때 드세요.'라고 주신 그 청심환을 먹고 힘을 얻어 거뜬하게 일어나서 수요일 새벽예배를 드리던 그 시간에 하늘나라로 가셨습니다. 빈소를 다녀오면서 나와 만나고 헤어진 분들의 얼굴을 떠올려 봅니다. 대부분 당신들이 기도하던 대로 오랫동안 고생하지 않고 귀천하셨습니다. 이렇게 또 하나의 이별을 마주하는 마음은 아프기만 합니다. 헤어지는 것에 이골이 나기도 했지만, 살아 있는 사람이든지 세상을 떠나는 사람이든지 정말로 이별은 싫습니다.

걸어 다니는 종합병원

·
·
·

지난 온 세월을 얘기하자면 며칠 밤을 지새워 얘기해야 할 만큼 많은 분, 태어날 때부터 약골弱骨이었습니다. 툭하면 병 치레에 감기를 달고 살았던 분, 설상가상雪上加霜으로 14세 무렵부터 눈에 백태白苔가 끼면서 한쪽이 실명되더니, 15세 에 망막에 염증이 생기면서 완전히 실명하고 말았습니다. 눈을 고치려고 백방百方으로 손을 쓰고 안과를 찾아다녔지 만, 50년 전 안과 의술로는 눈을 고치지 못했습니다. 다니 던 중학교도 중퇴하고, 소문에 맹학교가 있다는 소리를 듣 고 가려고 했지만, 워낙 몸이 약하다 보니 기숙사 생활을 해 야 하는데 걱정이 된 부모님이 보내지 않았습니다. 그때부 터 50년 세월을 집 안에서 두문불출杜門不出하는 생활을 할 수밖에 없었습니다. 공무원이셨던 아버지 덕분에 집안이 부유하지는 못해도 굶지는 않고 부모님을 모시고 결혼한 동생과 함께 살았습니다. 그러면서 고등어를 먹고 심한 알레르기가 생기면서 음식을 전혀 먹지 못하는 상황이 되었고, 게다가 결핵까지 앓게 되면서 독한 결핵약으로 인하여 몸이 점점 쇠약해져 갔습니다. 그래서 겨울에 찬바람은 두말할 것도 없고 여름에 선풍기조차 가까이할 수 없는 특이체질로 변하고 말았습니다.

아버님과 어머니가 3년 간격으로 돌아가시면서 그래도 집안에서 생활하는 데는 큰 문제가 없었기 때문에 간호사였던 올케가 출근하면 어린 조카를 키웠습니다.

여러 가지 병을 많이 가지고 있는 사람을 일컬어 보통 '걸어 다니는 종합병원'이라고 농담을 합니다만, 입소 의뢰가 들어와서 입소 면접을 하는데 정말로 이곳에 와서 생활할 수 있겠나 싶을 정도로 허약한 분이었는데 급한 사정으로 인하여 입소했습니다.

만성 위장질환으로 인하여 식사를 채소 위주로 해야 할 정도로 까다로웠습니다. 육류라고는 오리고기밖에 먹지를 않았습니다. 이분을 위하여 반찬도 따로 해야 할 정도였습니다. 그래서 입소하자마자 종합검진부터 받게 했습니다. 그런데 전혀 문제가 없다고 했습니다.

그런데 이곳에 오려고 결정하게 된 사연을 들어보면 눈물이 납니다. 동생은 조그만 사업체를 운영했고, 올케는 간호사였다고 합니다. 그런데 올케가 등산을 취미로 하다가 그만 불륜을 저지르게 됐다고 합니다. 동생 내외는 합의 이혼을 하기로 했는데, 자녀들이 군대 제대 후에 모든 상황을 얘기하고 이혼하기로 합의를 하고 한 집에서 각방을 쓰면서 살았다고 합니다. 그리고 조카 둘이 모두 군대를 제대할 때가 되면서 동생이 누나 걱정을 하는데 도저히 그냥 있을 수가 없어서 본인이 양로원을 알아봐 달라고 하여 바로 인터넷에서 검색하는 과정에 우리 실로암효명의집구 실로암요양원을 알게 되었습니다. 동생 내외는 약속대로 각자 삶을 찾게 되었다고 합니다.

이곳에서 1년 정도 생활하는 가운데 놀라운 변화가 일어났습니다. 기온 차만 있어도 잔기침을 했는데 어느 날부터 그 기침이 멈추었고, 식사도 함부로 하지 못했는데 이곳에서 제공하는 음식을 소량이지만 먹기 시작을 했는데 전혀 부작용이 나타나지 않았습니다. 무엇보다 함께 생활하는 어르신의 보살핌이 큰 힘이 되었습니다. 차츰 안정을 찾기 시작하면서 빠르게 적응했고, 요즘은 정말로 건강하게 잘 지내고 있습니다. 단체 생활이라 불편할 만도 한데 정말로 만

족하게 잘 지내고 있습니다. 무엇보다 마음의 안정으로 알레르기인 줄 알았던 음식을 먹어도 아무런 부작용이 일어나지 않고 있습니다. 이분은 걸어 다니는 종합병원이 아니었습니다.

난 당신밖에 없어

:
:
:

남편이 자신을 너무나도 사랑하여 자식을 10남매나 낳았다고 하는 할머니의 사연입니다. 오빠의 군대 친구를 중매로 만나서 군산에서 신혼을 시작하여 첫 딸을 낳고 남편의 사랑이 지극하여 참 행복한 결혼생활을 시작했다고 합니다.

당신의 하소연에 들어보면 '뭔 팔자가, 내리 딸만 두 살 터울로 다섯을 낳으면서 시어머니의 구박이 시작됐어요.'라고 합니다. 설상가상으로 26살부터 눈이 잘 안 보이게 되었고, 나중에 원인을 알았지만, 배제트병이라고 배제트균이 눈으로 가서 시력이 서서히 잃어 갔습니다. 왜 그렇게 몸은 아픈지, 온몸이 쑤시고 아팠습니다. 어르신을 구박하던 시어머니가 어린 딸을 보자기에 싸서 버리라고 주더랍니다. 그것은 평생을 잊을 수가 없다고 합니다. 그리고 둘을 자연 유산으로 잃고, 시력이 완전히 실명할 즈음에 아들을 둘을 낳았습니다. 그리고 또 아들을 하나를 잃었습니다. 10남매 중에 현재 7남매 모두가 잘 자라주었습니다.

남편은 평범한 회사원으로, 서울로 회사가 옮겨오는 바람에 1972년도에 서울로 올라와서 희미하게 보이는 눈으로 자식들 돌보면서 억척같이 장사를 해서 남부럽지 않게 살았답니다. 자식을 세 명씩이나 먼저 보내고 눈도 점점 안 보이게 되고, 몸도 여기저기 많이 아팠지만, 남편 사랑 하나 믿고 살아왔습니다. 더듬거리는 자신을 보고 맨날 '나는 당신밖에 없어.'라고 하던 남편을 의지하여 그 힘든 세월을 잘 이겨냈다고 합니다. 시력이 거의 없는 상태에서도 남편이 시장에서 물건을 사다 주면 집 안에서 살림은 할 수 있었다고 합니다. 지금도 마음이 아픈 것은 딸들과 큰아들은 희미하게나마 얼굴을 봐서 기억이 나지만, 막내아들은 그냥 목소리만 알지 얼굴을 몰라 누굴 닮았을까 생각하면 가슴이 미어진다고 합니다. 그리고 남편이 간경화로 고생하다 세상을 떠나고 이곳에 오셨는데, 자식들이 자신을 모시겠다고 하는데 자식들에게 짐을 지우는 것 같아 스스로 결정하고 왔는데 너무 좋다고 합니다.

그러면서 원래 불교 신자였는데 교회 가면 눈을 뜬다고 하여 남편과 함께 개종했는데 아직도 눈을 못 떴다고 하면서 웃습니다. 그래도 한번 결정한 것은 잘 바꾸지 않는 성격이라 지금까지 예수를 믿고 있다고 합니다. 매일 아침 일어나면 침대 앉아서 자식들 기도부터 시작하는 권사님, 자식들의 얘기를 해줍니다. '엄마가 자식 많아 낳아서 고생하는 것을 보니 자신들은 하나씩만 낳겠다.'라고 하더니 진짜로 7남매에 손주들은 6명밖에 안 되어 그게 섭섭하다고 합니다. 무엇보다 자신이 해준 것도 없는데 시각장애인인 당신을 도와주면서 대학교 다 나오고 결혼하여 잘들 사는 모습을 보면 감사하기만 하답니다. 한 가지 소원이 있다면, 우리 아들딸들 그리고 손자와 손녀 모두 자신을 닮아서 아프지 말고 건강하게 잘 살았으면 좋겠고, 당신도 아프지 않고 살다가 천국에 가서 남편을 만나는 것이랍니다. 시력을 잃어 가는 당신과 끝까지 함께 해주었던 남편이 여든한 살에 세상을 떠났지만, 당신을 너무도 사랑하여 자식을 열 명이나 낳게 해준 게 그렇게 고맙다고 하십니다.

편지 한 통

· · · ·

안녕하세요? 조영○ 어르신 둘째 아들 이강○입니다. 저희 어머님을 생각하면 가슴이 미어집니다. 세상의 어머님들이 다 그렇겠지만 특히 저희 어머님은 자신의 삶이 없이 자식들만 위한 삶을 평생을 사신 분입니다. 평생을 시장에서 일하셨고, 마지막으로 떡집을 운영하셨습니다. 오랫동안 일하시면서 무릎도 많이 안 좋지만, 가슴 아픈 것은 패혈증으로 실명을 하신 것입니다. 가슴 아픈 일도 많았지만, 어머님은 자식들을 위해 더욱 열심히 사신 것 같습니다. 요즘도 자식을 만나면 해준 것도 없는데 자식들이 잘 자라줘 미안한 마음을 가지고 있다며 저희에게 늘 고맙다고 하시는데, 자식의 도리를 다하지 못하는 것 같아 죄송하기만 합니다. 어머님을 실로암호명의집에 모시기는 했어도 건강의 염려만 했지, 이곳에서의 삶에 대해서 잘 몰랐는데, 어머니가 하시는 말씀을 들어보면 함께 생활하시는 거주인들과의 관계에 작은 갈등이 있다는 것을 알게 됐습니다. 70년, 80년 세월을 다른 환경에서 사시고 성격도 다르다 보니 서로 맞추기가 힘들다고 하는 것을 충분히 이해하므로 다른 말씀은 못 드리고 거주인분들과 잘 지내시기만을 간절히 소원하고 있습니다. 무엇보다 함께 생활하던 동료가 퇴소하거나 돌아가셨다고 말씀하실 때는 어머님의 마음을 생각지 않을 수가 없습니다. 특히 거주인과 가장 가까이서 대화를 나누시고 늘 함께 생활하는 목사님이 어르신들이 가장 힘들어하는 것이 죽음에 관한 얘기라는 것을 들었을 때 저희 어머님도 말씀은 안 하시지만 두려움이 있겠다고 하는 생각을 합니다.

실로암호명의집에 입소하신 이후에 어머님이 달라지신 모습 중의 하나가 세상을 향한 원망이 사라진 것입니다. 한편으로 죽음에 대한 두려움도 있겠지만 지금은 삶에 대한 애착과 긍정적이고 감사하는 삶을 살고 계시는 것을 느끼고 있습니다. 당신의 희생을 통하여 자식이 잘되었다고 하는 보상심리가 있을 수도 있겠지만, 어머님 스스로가 열심히 살아오셨고, 훌륭한 삶이라는 것을 인정하시고 사셨으면 좋겠습니다.

마지막으로 실로암호명의집에 하고 싶은 말은 시설의 에너지는 사회복지사 선생님이라는 생각이 듭니다. 사회복지사들이 시설에서 즐겁고 사명감을 가지고 일하려면 정부 및 법인에서의 관심과 지원이 필요하다고 생각합니다. 이 일이 힘들어 다른 곳으로 이직을 하거나 실로암호명의집을 떠나버린다면 그만큼 거주인을 돌보는 부분에 있어서 다시 새로운 사람과 관계를 쌓는 것이 그만큼 어려운 것은 없다고 생각합니다. 선생님들이 느끼는 것에 대한 보상을 물질적 지원이 아니더라도, 휴가나 기타 여러 가지 면에서 지속 가능한 처우 개선이 필요한 것 같습니다. 제가 생각하는 실로암효명의집은 사회복지시설에 있어서 가장 모범이 되는 모델이라는 생각이 듭니다. 지금까지 잘 섬겨주셨던 것처럼 저희 어머님의 여생을 행복하게 지낼 수 있도록 가족처럼 섬겨주시길 간곡히 부탁을 드립니다. 저희 자녀들 또한 실로암효명의집 원장님 이하 모든 직원의 사랑과 수고에 박수를 보내며 그야말로 웃음이 꽃이 활짝 피는 실로암효명의집으로 사랑을 듬뿍 나누어 주시길 간곡히 부탁드리면서 글을 맺습니다. 감사합니다.

편지의 내용에 '가슴 아픈 일도 많았지만'이라고만 했지만, 할머니가 실명하기 전에 두 부부가 살기 위하여 시골에 작은 집을 하나 장만했답니다. 그런데, 갑자기 패혈증으로 멀쩡하던 분이 실명하여 꼼짝 못 하다 보니 하나에서 열까지 할아버지가 다 수발했다고 합니다. 그런데 그 집에서 할아버지가 스스로 목숨을 끊은 것입니다. 자해하고 괴로워 소리를 지르는 남편, 자신이 할 수 있는 게 아무것도 없었답니다. 눈만 봤어도 남편을 그렇게 보내지는 않았을 텐데 하는 얘기를 하면서 눈물을 하염없이 흘립니다. 자식들에게도 큰 상처가 됐고, 본인도 그렇게 죽지 못한 게 이루 말할 수 없는 한으로 남아 있습니다. 갑자기 건강 악화로 고비를 한 번 넘기신 할머

니, '목사님, 눈깔이 멀어 분께, 나 맴대로 죽지도 못하겄디
다. 영감님을 그렇게 보낸 죄인이여라.'라고 하는데, 마음이
아픕니다. 요즘은 열심히 운동하면서 건강하게 잘 지내고 계
십니다.

원장보다 목사의 끗발

·
·
·
·

목사로서 10년을 어르신들을 섬기다 보니 원장보다는 목사라는 게 더 끗발이 센 것 같습니다.

"원장님, 여기 병원인데요, 홍 어르신 모시고 왔는데 환자가 너무 많아 진료 시간이 좀 지체됐습니다. 그런데 어르신이 화가 나서 자신을 죽이려고 이상한 곳에 데려다 놨다고 하면서 그냥 가시겠다고 난리가 났습니다. 지금 순서가 되어 진료실로 가자고 하니까, 화를 내시면서 그냥 가시겠다고 합니다."

직원이 달래다 안 되니까 전화를 한 것 같은데, 전화를 바꿔 주었습니다.

"할머니, 저 원장이에요. 할머니가 지금 병원 계신 것 맞아요. 오늘 환자가 너무 많아서 기다리시느라 힘들었죠? 이제

의사 선생님이 진료실로 들어오라고 했으니 선생님 따라서 들어가셔서 치료받으세요."

"나 몰라. 그냥 갈래요. 날 죽이려고 데리고 온 거지. 아무도 없는데 데려다 놓고 나 그냥 갈 거야."

이거 난감합니다. 그래서 다시 이렇게 말했습니다.

"할머니, 저 김 목사예요."

"누구? 목사님이요?"

한참을 이런저런 얘기를 했습니다. 그랬더니, '알았어요. 목사님 말이니 믿어 볼게요.'라고 하시고서는 진료를 받고 돌아왔습니다.

화가 난 이유는, 병원이라고 하면서 데려다가 의자에 앉혀 놨는데 한 사람도 없더랍니다. 귀가 안 들리고 눈이 안 보이시니 주위의 상황을 몰랐던 것입니다. 이곳에 올 때는 혼자 다닐 정도로 잔존 시력이 남아 있었던 분인데 이젠 불빛도 안 보이고 귀도 안 들리게 되다 보니 속이 많이 상했던 모양입니다.

연세가 89세이고 특별히 복용하는 약이 없을 정도로 밥심으로 사신다고 할 만큼 밥을 고봉으로 드실 정도로 건강하신 분이었습니다. 진료받고 돌아오신 후에 불교 신자이지만 기도해 드리니, 제 손을 꼭 잡고 '관세음보살 나무아미타불'

이라고 하면서 마음이 아주 편안해졌습니다. 할머니는 가족들이 다녀가면 나를 불러서 음료수나 과일을 챙겨주십니다. 거절할 수도 없으니 늘 '감사합니다.' 하고 받았는데, 그게 그렇게 좋은가 봅니다. 그러던 할머니가 갑자기 건강 이상으로 진찰을 했는데 이미 치매가 진행 중이었고 아흔에 가까운 연세이다 보니 많이 쇠약해져 있다고 했습니다. 그러더니 급격하게 건강이 약해지면서 잔존 시력도 불빛만 보이게 되고, 식사량도 줄게 되면서 자녀들을 그렇게 보고 싶어 하는 것입니다. 코로나19로 인하여 매주 찾아오던 자녀들이 1년 넘게 못 오게 되면서 더 그리워했습니다. 이곳에 계신 모든 어르신이 그런 상황입니다. 사회적 거리두기의 단계에 따라 외출이나 외박은 안 되지만, 실외에서 잠시 면회 정도는 할 수 있었는데 면회까지도 전면 금지를 하다 보니 더욱 힘들어들 했습니다. 자녀들도 연락도 없이 막무가내로 왔지만, 정부의 방침에 따라 대면하여 면회를 허용할 수가 없었습니다. 그래서 담장 밖에서 얼굴만 뵙고 가게 했는데 시각장애인 어르신들은 그래도 자녀들의 손이라도 잡아봐야 하는데 자식들 소리만 듣게 하는 것은 정말 할 짓이 아니었습니다. 워낙 코로나19 전염력이 강하다 보니 모두를 위해서 허락하지 않았습니다. 이렇게 1년을 지내면서 지난 2021년

4월 30일 모든 거주인이 코로나 백신 1차 접종을 완료했습니다.

그런 가운데 할머니 상태가 더 심해졌습니다. 병원에서도 고령이라 달리 치료가 없다고 하는 상황이 됐고, 자녀들에게 연락이 왔습니다. 어머니를 일주일만 모시면 안 되겠냐고 하는데 여전히 외출 외박이 금지된 상태여서 도저히 허락할 수가 없었습니다. 병원 입원도 아니고 자신들 집에서 모시겠다고 하는 것은 혹시 모를 감염이 염려되어 완강하게 안 된다고 통보해 놓고 할머니 상태를 보는데 도저히 안 되겠습니다. 문제가 생기면 내가 책임을 지더라도 잠시라도 자녀들이 모실 수 있게 해야 할 것 같았습니다. 그래서 귀원할 때 코로나 검사를 받는 것으로 하고 그 대신 한 달 동안 모시고 있다가 오게 했습니다. 3남매가 돌아가면서 열흘씩 모시고 들어오셨는데, 여기 계실 때보다 건강이 더 나빠졌습니다. 화장실도 못 찾고 식사도 스스로는 하지 못하는 상태가 되었습니다. 급하게 요양병원으로 입원하게 했고, 지난2021년 8월 31일 귀천하셨습니다. 코로나19로 장례식장에 갈 수는 없지만, 원장이라도 조문해야 할 것 같아서 다녀왔습니다.

"원장님, 까다로운 성격의 어머니, 10년 동안 모셔주셔서 감사합니다. 직원 선생님들이 너무나도 큰 고생을 하신 것 잘 알고 있습니다. 무엇보다 특별하게 외박을 허락해주셔서 자식들이 평생 한이 될 텐데 저희 자식들이 모실 수 있게 해주셔서 대단히 고맙습니다."

자녀들 모두가 눈물을 흘리는데, 무슨 위로의 말이 더 필요하겠습니까! 문제가 생기면 내가 책임질 각오 하고 장기외박을 허락했는데, 이분들에겐 큰 기쁨이 되었구나, 생각하니 가슴이 뭉클합니다. 할머니 유언대로 강과 산에 뿌려져서 다시 환생의 삶을 살게 되시길 기도합니다.

강 집사

.
.
.
.

기독교에서는 사람이 영적으로 다시 태어난다고 하여 거듭 난다고 하고 이를 중생重生했다고 합니다. 그래서 '하나님 으로부터 난 자', '하나님의 자녀', '새로 지으심을 받은 자', '새로운 피조물'이라고 합니다. 이 정도가 된다면 예수를 믿 으면 완전히 다른 사람이 되어야 하는데 전혀 그렇지 않습 니다.

목사로서 가장 안타까운 것은 나 자신도 그렇지만, 예수 믿었다고 하여 변하지 않더라는 것입니다. 그래서 강단에 서서 사람이 변화되었다는 설교를 해야 할 때가 가장 괴롭 습니다.

예배 때마다 눈물을 흘리며 찬양할 때 손을 높이 들고 부 르는 강 집사님, 자신보다 약하다고 생각되면 고양이 쥐 잡듯 하는데 주로 발달장애인들과 치매 증상이 있는 어르신이 그 대상입니다. 예배 끝나고 나가면서 자신과 조금 스쳤다고 밀지 말라고 성질을 부립니다. 또한, 생활실에서는 자신과는 아무런 관계도 없는데 그 사람의 행동에 대해서 난리를 치는 겁니다. 너무 예민하게 반응하니까 서로 얘기도 못하고 그만 평화가 깨지고 말았습니다. 아무래도 한 번 정도는 얘기해야 할 것 같아 대화를 시작했습니다. 성질만큼이나 파란만장한 삶을 살아온 분입니다. 결혼까지 하려고 했던 남자와 헤어진 후 극단적인 생각도 했고, 그래도 살아야겠다 싶어 이일 저일 닥치는 대로 하면서 살았는데 쉰이 넘으면서 당뇨가 온 것입니다. 눈이 희미하여 병원을 찾았더니 당뇨로 인하여 망막에 이상이 온 것입니다. 당뇨 치료도 시급했지만, 당뇨망막병증으로 실명하고 말았습니다. 지금도 후회하는 게 병원 치료를 거부하고 7년 세월을 기도원에서 눈을 떠 보겠다고 지냈던 것입니다. 병원 치료와 더불어 재활 훈련까지 받았으면 지금 자신이 아니었을 것이라고 후회를 합니다. 기도원에서 내려와 오빠네 집에서 살다가 이곳에 봉사활동 왔던 조카의 소개로 입소하게 됐습니다. 이분이야말로 남은 게 한恨밖에 없습니다. 여기서 천국 가야겠다고 다짐하고 왔는데 단체생활이 맞지 않는다고 합니다.

6년 동안 함께 생활하는 사람들과 하도 싸워서 생활실 다섯 군데를 다 옮겨 다녔는데 그 성질은 도저히 안 고쳐집니다. 최근에는 타 시설에서 오신 아흔일곱 되신 청각장애인 어르신과 함께 생활하게 했는데, 냉장고의 자기 물건에 손을 댔다고 난리를 치고 싸웠습니다. 본인도 다른 거주인들과 맞추어 가야 하는데 모든 것이 힘들고 합니다. 또한, 직원들의 안내를 받아 보행하는 것을 싫어하여 보행 훈련을 하기는 했는데 늘 불안합니다. 혼자 집 안에서 생활할 때와는 다르다 보니 짜증도 많이 나겠지만, 평화를 깨트리는 이분과 약속을 했습니다. 믿음으로 마음을 잘 다스려야 한다는 얘긴데 말씀에 은혜받아도 생활실로 돌아가면 또 화가 치미는 것을 기도하여 이겨보겠다고 합니다. 이곳에 온 지 6년이 됐는데, 강 집사님은 아직도 그대로입니다.

오래 사는 것은 하나님의 뜻

·
·
·
·

내가 16살 때의 인연으로 맹학교 졸업 때까지 후원자들을 연결하여 주고, 영국 선교사님을 만나게 하여 난생처음 눈까지 수술할 수 있도록 도움을 주었던 그 전도사님이 오갈데 없는 시각장애인들과 30여 년을 미인가 시설로 있었는데, 중증장애인거주시설로 정식으로 개원하여 운영해 오다가 직원들에 의한 장애인 폭행 사건으로 인하여 폐쇄되면서 그곳에 있던 장애인 몇 사람이 이곳으로 전원해 왔습니다.

그 가운데 한 분이 한국 나이로 97세 되신 할머니가 계십니다. 청각장애만 있고 복용하는 약도 혈압약 정도밖에 없을 정도로 정정하신 분입니다. 정말로 내일모레면 100세가 되실 분인가 싶을 정도로 건강하십니다. 문제는 귀가 전혀 안 들리니까 시각장애인 거주인들과 대화가 안 되는 것입니다. 우리와도 필답으로 대화할 수밖에 없는 상황입니다. 워낙 건강하시다 보니 주방에서 설거지도 하고 싶어 하고 중증장애인 식사 수발과 휠체어까지 밀고 안내를 하려고 하여 못하도록 했습니다. 전 시설에서는 그런 일을 했다고 합니다. 오해가 없도록 잘 설명하여 그런 일을 하지 않도록 했습니다.

시설이 폐쇄되면서 다른 시설에서 연세가 많다는 이유로 받아 주지 않는 것을 우리가 입소할 수 있게 해준 것과 또 당신이 어려울 때 그 시설에 입소하도록 도움을 준 그 전도사님과 나와의 관계를 아시고는 그렇게 좋아했습니다. 그 전도사님이 바로 당신 생명의 은인이라고 할 정도였는데 그 전도사님이 애석하게도 코로나19 감염으로 세상을 떠났습니다. 나도 충격이었지만 할머니도 크게 상심하게 됐고 충격을 받은 것 같았습니다. 아무래도 할머니와 대화해야 할 것 같았습니다. 할머니 얘기만 듣기로 했습니다.

연세가 97세이시니 한국의 근현대사를 다 사신 분입니다. 한국전쟁 중에 인민군들이 점령했을 때 자신이 부역한 것을 누군가 밀고하는 바람에 전쟁 후에 조사를 받고 수감되었던 얘기부터 시작했습니다. 그 당시 수감되었던 사람들 대부분 사형을 당했지만, 할머니만 살아남았다고 합니다. 형기를 마치고 출소한 무렵이 50년대 후반, 그때부터 감시를 받게 되었고, 그 과정에서 자신을 도와준 분으로 이혼한 한 사업가였는데, 그분과 결혼 후에는 감시가 느슨해졌다고 합니다. 그렇게 가정을 이루고 남매를 낳았는데 남편이 가정을 돌보지 않고 밖으로만 돌았고 할머니가 자녀들을 키우는 가운데 아들이 중학교 3학년 때 실족사하고 딸이 생존해 있다고 했습니다. 그리고 사위와 딸이 자신의 의사도 묻지 않고 시설에 입소시켰다고 했습니다. 무엇보다 자신을 시설로 보내고 왕래를 끊어버린 딸이 야속하다고 했습니다. 이곳에 온 후 외손자만 몇 번 다녀가고 전화 한 통 없는 딸이 정말로 야속하다고 하소연하는 것으로 긴 대화를 마쳤습니다. 내가 할머니와 대화가 안 되니 긴 글을 썼습니다.

무엇보다 이곳에서 편히 지내게 해드리는 것인데 찾아오지 않는 딸이 섭섭하다고 하셔서 무슨 일인지 딸과 전화 통화를 해 봐야 할 것 같았습니다. 내가 원장이라고 밝히자 반갑게 전화를 받고 한참을 통화하는데 딸의 사연도 참 기구합니다. 이미 할머니가 모르고 있을 것이라던 할머니의 과거 비밀도 다 알고 있었고, 자신도 박사로서 교수 임용까지 포기했다고 하면서 그동안 감시를 받아왔다고 합니다. 그리고 남편과는 이미 이혼했고, 할머니는 이곳에서 편히 계시

다가 하늘나라 가셨으면 좋겠다고 하면서 만나지 않겠다고
딱 잘라 말했습니다. 화상 통화라도 안 되겠냐고 했더니, 어
머니와 통화해 봐야 할 말도 없고 손자들과 연락했으면 좋
겠다고 합니다. 그러면서 자신도 정신적으로 너무 힘든 상
황이라고 거듭 죄송하다고 하는데, 할머니께 연락 한 번 해
주십사 자꾸 부탁하기가 힘들었습니다. 할머니는 우리가 잘
모시겠다고 하고 전화를 끊을 수밖에 없었습니다.

할머니가 정신적으로 매우 힘들어합니다. 누구와도 대화
할 수 없으니 오죽하시겠나 싶기도 합니다. 그래서 설교 원
고도 프린터 해드리고 가끔 모시고 하소연을 들어드리지만,
내 말을 알아들을 수 없어서 오늘도 할머니께 긴 편지를 씁
니다.

"할머니, 오래 사는 것은 죄가 아닙니다. 더 오래오래 건
강하게 백수 하시는 게 살아계신 하나님을 증거하는 길입니
다. 건강하세요."

상사화로 피어나서

· · · ·

1954년생 시각장애인인 경애 씨 사연입니다. 서울의 유명한 여자상업고등학교를 졸업하고 회사에 취직하여 직장생활을 잘했는데, 고등학교 때 짝사랑한 선생님을 잊지 못하고 26살 때 의학 사전에 나오지 않는 상사병으로 인하여 마음에 병이 생기고 말았습니다. 맺어질 수 없는 사랑이라면 상사화라도 되겠다면서 자살을 시도했고, 그로 인하여 병원을 들락거리다가 원인불명으로 36살에 시각장애인이 되고 말았습니다. 정신병원에 자주 입원하게 되었고, 짧게는 몇 주에서 길게는 1년에서 2년 동안 입원해 가면서 30년 세월을 나와 인연이 있는 그 전도사님이 돌봐왔습니다. 10년 전에는 어머니까지 시각장애인이 되어 그 시설에서 함께 살다가 몇 년 전에 돌아가셨다고 합니다. 설상가상으로 다리가 골절되어 수술 후에 퇴원하여 병원 재활 치료를 받던 중에 그 시설이 폐쇄하면서 전원하게 되었습니다. 평생 정신과 약으로 살아야 하는 분이라, 이분에 대해서 특별히 사례를 들을 수 있었습니다.

정신 발작을 하게 되면 밤을 새워가면서 온 방을 쓸고 닦고 하기도 하고 모든 거주인의 옷장을 열어서 자신이 정리하기도 하고 가장 힘든 것은 남자에 대한 집착이 강하다가 보니 남자가 친절하게 해주면 그 남자는 자기 남자라고 한다는 것입니다. 한 남자 직원을 집요하게 괴롭혀서 퇴사할 정도였다고 하니 짐작할 만했습니다. 그러면서 절대로 젊은 남자 직원들이 업무적인 것 외에 과잉 친절을 베풀어서는 안 된다는 조언을 해주었습니다. 발달장애가 아니라 정신질환이다 보니 모든 상황을 알면서 집요하게 상대방을 괴롭히는 것입니다. 대화를 나누는데 가끔 앞뒤가 맞지 않고 뜻을 알 수 없는 이야기를 했지만, 그 시설이 폐쇄된 상황을 비롯하여 그 전도사님과 나와의 관계까지 비교적 잘 알고 있었습니다.

모든 거주인이 그렇지만, 이곳에 오면 촉탁의 진료와 더불어 전담병원을 정하여 의사의 지시대로 투약도 관리와 더불어 건강을 관리합니다. 먼저 정신과 외래 진료부터 했는데, 담당 의사가 정신과 약이 너무 과하다는 것입니다. 조절하여 맑은 정신으로 생활하도록 하는 게 좋겠다고 하여 약을 조금 감량했는데 바로 그 증상이 나타났습니다. 밤에 자지 못하고 생활실을 배회하면서 옷장을 열어 모든 옷을 꺼내 다시 개키는데 자신의 것이 아니라 타 거주인 것도 그렇게 하는 것입니다. 그리고 더럽다고 손 씻기를 수도 없이 하면서 속옷도 수시로 벗어서 내놓는 등 결벽증 증세를 보이기 시작했습니다. 가장 힘든 것은 밤에 숙면하지 못하는 것과 식사 거부였습니다. 어떻게든 식사 지원해야겠다 싶어 직원들이 생활실로 가져다주면 한두 숟가락 먹는 시늉만 하고 거부를 했습니다. 그러면서 언니에게 전화를 걸어서 화도 내고 이곳에서 나겠다고 억지도 썼습니다.

그러면서 그 전도사님과 통화를 하게 됐는데 30년을 자신이 데리고 있으면서 약을 처방해서 복용하게 한 것인데 감량했다고 다시 원래 다니던 병원 진료를 받으라고까지 했습니다. 증세가 안정되면서 대화를 시작했습니다. 그래도 내가 목사이고 원장이라는 게 조금은 도움이 되었습니다. 담당 직원의 말은 안 들어도 나와 건강을 관리하는 간호사 말은 어느 정도 들었습니다. 그러면서 몇 달 지나자 안정되었습니다. 약도 증량하지 않고 현재 잘 지내고 있습니다. 한동

안 친절하게 대해주던 물리치료사를 자기 남자라고 하여 황당하기도 했지만, 그것은 얼마든지 웃어넘길 수 있는 행동이었습니다. 이제는 전혀 그런 증상이나 특이한 발작 없이 잘 적응하고 지내고 있습니다.

얼마 전에 언니로부터 전화가 왔습니다. 자기 동생이 마음의 병을 얻은 후 처음으로 진지한 대화를 했다고 합니다. 그만큼 좋아졌다는 것입니다. 정말로 동생이 이 정도가 될 줄은 몰랐다고 합니다. 그러면서 동생의 소원이 있는데 이곳에 후원금을 내겠다고 했습니다. 동생이 자기 돈에서 얼마를 후원해 달라고 하면서 모두에게 감사하다고 전해달라고 하더랍니다.

'경애 언니, 안녕하세요?'라고 하면, '원장님, 방으로 와서 냉장고에서 몽쉘 두 개 가져서 드세요.'라고 하면서 권합니다. 거절하면 상처가 될 것 같기도 하고 게다가 본인이 몇 개 남았는지를 정확하게 알고 있으므로 거짓말을 못 하고 가져옵니다.

늘 독한 약 기운에 취해 살아야 할 분, 우리가 사랑으로 섬겼더니 이렇게 변화되었습니다. 건강하게 오래오래 이곳에서 살다가 천국 가시길 기도합니다.

세례교인은 울면 안 돼요

심한 뇌병변 장애에 한쪽 눈마저 실명한 여자 어르신이 타 시설에서 전원하여 왔습니다. 대소변을 받아 내야 하고 휠 체어가 아니면 앉아 있을 수도 없는 중증이었습니다. 눕혀 놓으면 그대로 몇 시간이고 있을 수밖에 없는, 정말로 가장 기본적인 식사 외에는 모두 우리의 손이 가야 하는 분이었 습니다. 지적 능력이 떨어지다 보니 의사소통은 안 되었지 만, 간호사가 자신에게 섭섭하게 했다고 누워서 침을 뱉을 정도로 호불호가 확실한 분으로 자신의 감정 표현을 잘하는 분이었습니다.

발음은 안 되지만 찬양을 부르고 예배 참석하는 것을 좋아 했습니다. 세례를 베풀고 성찬식 참여할 때 눈물을 흘리는 분, 요즘도 감정 기복이 심하여 이유도 없이 화를 낸다고 하여 '세례 교인은 울면 안 돼요. 이유도 없이 화를 내도 안 되고요.'라고 하면, '절대로 안 울고 화 안 낼게요.'라고 느릿느릿 대답합니다. 바로 천사입니다.

입소 후 얼마 안 되어 교통 범칙금을 비롯하여 벌금 고지서가 배달되었습니다. 가족이라고 언니와 남동생이 있는 것으로 아는데 한 번도 이곳에 방문한 적이 없는데 어떻게 된 건가 싶어 보호자로 되어 있는 언니에게 전화해 보니 남동생이 이분 명의로 자동차를 등록하고 세금을 하나도 안 내고 있어서 수급비와 장애인연금 통장이 임시압류 상태였습니다. 남동생에게 전화했더니 해결하겠다고 하고서는 차일피일 미루면서 해결을 하지 않았습니다. 어렵게 그 문제를 해결하고 누나 이름으로 산 자동차를 폐차하는 선에서 마무리했습니다. 이제 60대 후반으로 얼마나 더 살아 계실지 모르지만, 우리의 돌봄으로 크게 아프지 않고 생활하고 있는데 요즘은 장애로 인하여 다리가 자꾸 오그라들고 있습니다. 병원을 여러 군데 다녀 봐도 딱히 해줄 수 있는 게 없다고 합니다. 물리치료를 하고 있는데 아프다고 할 때마다 마음이 아픕니다. 아프지 않고 건강하게 지내시길 기도합니다.

두 살 영희

·
·
·
·

병원의 실수로 말미암아, 지적장애심한 자폐를 갖게 된 친구가
입소했습니다. 그야말로 지적 능력이 2살 정도밖에 안 되었
습니다. 심한 상동 행동으로 계속 상체를 흔들어대고 생리
대를 빼서 뜯어 먹고, 세수도 양치도 스스로는 하지 못했습
니다. 게다가 한쪽 눈마저 시력을 잃어 시각장애인 어르신
을 향하여 돌진할 때가 많았습니다. 어머니 혼자 일을 하면
서 돌보면서 특수학교까지 졸업시켰는데, 어느 지방의 장애
인거주시설에 있다가 이곳으로 전원해 왔습니다. 몸 상태를
살펴보니 여기저기 멍 자국과 심지어 담뱃불로 지진 자국
이 발견되었습니다. 우리 모두 경악하지 않을 수가 없었습
니다. 그 시설에 문의한 결과 함께 생활하던 거주인들이 그
렇게 했다고 합니다. 머리 모양도 남자처럼 하고 온 친구를

지극정성으로 돌봐서 요즘은 제법 숙녀티가 납니다. 여전히 생리대도 뜯어 먹고 하지만, 그래도 본인이 기분을 표현할 정도로 많이 변했습니다. 어머니가 이곳에 자기 딸이 있는 것이 얼마나 감사한지 모르겠다고 합니다.

김치

·
·
·
·

심한 뇌병변 장애 친구가 입소했습니다. 아버지가 전 시설
을 상대로 소송을 걸었다가 패소한 후에 퇴소 조치당한 후
에 입소했습니다. 특수학교를 졸업했는데 컴퓨터도 다룰 줄
알고 글씨도 알아서 간단한 대화는 필답으로 했습니다. 아
버지의 얘기에 의하면 혼자 보행할 수 있을 만큼 몸이 좋았
는데 나빠졌다고 합니다. 글씨를 알고 컴퓨터를 활용할 줄
안다면 지적으로 장애가 없어야 하는데, 정말로 지적장애가
심한 친구였습니다. 발달장애인들이 그렇듯이 음식에 대한
집착이 강했습니다. 이 친구는 항상 김치를 원합니다. 저작
이 안 되니까 잘게 썰어서 먹도록 하는데 항상 밥 위에 김치
가 덮여 있어야 합니다. 또한, 개인 간식을 그냥 두면 초코파
이 두 상자를 그 자리에서 다 먹을 정도로 절제가 안 되는 친

구입니다. 프로그램을 통하여 재활교육도 시행해 봤는데 그
것도 잘 안 되었습니다. 게다가 돌발 행동으로 자해하는 습
성이 있어서 아버지가 '약을 강하게 쓰라.'고 할 정도로 입
소 초기에 애를 먹었습니다. 거주인들의 모든 투약은 의사
처방과 지시를 반드시 받아야 하는데 특히 정신질환이 함께
있는 친구들은 적응하는 데 무척 힘들었습니다. 요즘도 여
전히 김치라는 단어를 쓰고 있지만, 원하는 만큼 김치를 주
고 있습니다.

말을 잃어버린 천사

·
·
·
·

가슴 아픈 사연의 여자 친구가 전원하여 왔습니다. 말을 잃어버린 친구, 과거에 대해서는 아무것도 모릅니다. 전 시설에도 그 어떤 기록도 없습니다. 글씨를 안다고 하여 필답으로 대화를 시도해 보지만, 앞뒤가 맞지 않는 문장만 씁니다. 이 친구의 의료기록을 보니 발달장애인이 아니라 정신장애를 가지고 있었습니다. 게다가 백내장이 진행하고 있었습니다. 병원 진료와 더불어 눈 수술까지 하도록 하여 잘 지내고 있습니다. 문제는 정신적인 문제이다 보니 돌발 행동으로 거주인이나 직원을 폭행할 때가 종종 있습니다. 그래도 절대로 약을 강하게 쓰지 않고 의사와 상의하여 조절하여 맑은 정신으로 생활할 수 있도록 하고 있습니다. 그래서 그런지 노래 교실 시간에 신나게 춤을 추는 것을 즐겨 합니다.

말을 할 줄 알면서도 스스로 마음을 닫아버린 친구라 노래를 부르라고 하면 그냥 마이크만 잡고 시늉만 합니다. 연고자 없는 친구여서 우리가 끝까지 돌볼 수밖에 없습니다. 더욱 건강하게 이곳에서의 삶이 되길 바라며, 잊어버린 말을 찾게 되길 간절히 기도합니다.

흔들리는 나를 느낄 때면

．
．
．
．

서울의 유명한 모 기계공고 출신, 고등학교 3학년 때 오토바이 사고로 좌측 마비가 된 분이 입소했습니다. 40년 세월을 집에서만 살다가 부모님이 돌아가시고 장애인거주시설은 이곳이 처음입니다.

'흔들리는 나를 느낄 때면'이라는 시집으로 1992년 한국문학 작품 연표에 당당히 이름을 올린 시인입니다. 장애를 갖고 있으면서도 관리해 주는 사람이 없다 보니 술과 담배로 살았습니다. 이곳에 입소하려면 술·담배를 끊어야 하는데 가족들은 물론이고 본인에게 이 부분을 약속을 받고 입소하도록 했습니다. 본인이 표현은 안 했지만, 술은 그렇다고 치더라도 담배를 끊는 게 힘들었을 것입니다.

그래도 잘 적응하고 있습니다. 무엇보다 그 어떤 재활교육도 못 받고 40년 가까운 세월을 그렇게 살다 보니 모든 리듬이 깨져 있었습니다. 그의 장애 기록에 보면 뇌병변 1급, 지체장애 2급, 언어장애라고 기록되어 있었습니다. 언어장애로 깊은 대화는 나눌 수가 없었습니다.

그래도 소통할 수 있는 게 하나 있었습니다. 바로 장기입니다. 나와 세 번 장기를 뒀는데, 세 번 다 졌습니다. 장기를 잘 두지는 못하지만 한 수에 몰려서 세 번 다 졌습니다. 그래도 내가 목사이니 전도를 했습니다. '성학 씨, 예수 믿어요.'라고 했더니, '나는 불교 신자예요. 일요일 예배는 참석할게요.'라고 합니다.

넌지시 시를 한 번 써보면 어떻겠냐고 했더니, 고개를 흔듭니다. 우리 성학 씨도 아프지 않고 건강하길 바랍니다.

언제나 즐거운 정환 씨

·
·
·
·

음악이 나오면 신명 나게 춤을 추는 다운증후군 정환 씨! 어머니가 연세 많아서 낳지 않으려고 약을 드신 게 잘못되어 장애인이 되었습니다. 그렇다 보니 큰형님과 나이가 차이가 무려 서른 살이나 되었습니다. 모 시설에서 교통사고로 인하여 사경을 헤매다 병원에서 퇴원하면서 이곳에 입소했습니다. 50대 후반이지만 다운증후군으로서는 80대를 사는 나이라고 합니다. 그래도 언제나 즐겁습니다. 그런데 외출하거나 나들이를 나가면 혼자 어디론가 뛰기 시작합니다. 항상 직원이 일대일로 안내해야 하다 보니 늘 위험했습니다. 전 시설에서도 혼자 거리로 나갔다가 교통사고 났다고 하여 여간 신경이 쓰이는 게 아니었습니다. 그래도 하나 집착하는 게 있었습니다. 바로 책입니다. 어떤 책이든지 주면 그것을 보면서 혼자 뭐라고 중얼거립니다. 그리고 어머니 사진과 형들 사진을 가지고 있으면서 누구누구라고 늘 얘기를 합니다. 마음을 안정시키는 것은 그것이 최고였습니다. 이런 정환 씨가 갑자기 몸에 이상이 왔습니다. 눈의 초점도 흐려지고, 그렇게 잘하던 식사를 못 하는 것입니다. 먹여 주면 겨우 받아먹기는 하는데 넘기지를 못합니다. 병원 입원을 해야 할 정도로 갑작스럽게 상태가 나빠졌습니다. 그날도 겨우 아침 식사를 몇 숟가락 떠먹이는데 그냥 입에 물고만 있습니다. 아침 회의에서 다음 날 병원에 입원하기로 하고 마지막으로 밥을 먹이는데 눈을 뜨고 잘 받아먹었습니다. '정환 씨! 밥 많이 먹어야 해요. 그래야 힘내서 춤추지!' 그 특유의 천사 같은 미소로 웃습니다. 그렇게 병원에 입원한 달 후에 하늘나라로 갔습니다. 그곳에서 더욱 편안하길 기도합니다.

수화를 모르는 소영 씨

.
.
.
.

마흔이 넘도록 어머니와 함께 살다가 어머니가 뇌졸중으로 세상을 떠나면서 이곳에 온 청각 지적장애인 사연입니다. 입소하자마자 농아인협회와 연계하여 교육하려고 했는데 이 친구는 심한 지적장애까지 있었습니다. 교육 시기를 놓치는 바람에 그 어떤 교육도 할 수가 없었습니다. 당연히 수화도 가르칠 수가 없었습니다. 가족들 얘기처럼 소일거리설거지 등등라도 시키면 된다고 하여 시도해 봤지만, 오히려 위험을 초래하는 경우가 많아서 그것마저도 할 수가 없었습니다.

화장실 화장지를 하루 만에 다 써 버린다든가, 손을 하루에도 수십 번 씻다 보니 트기도 하고, 남자들 앞에서는 가슴을 보여준다든가, 게다가 본인은 빨리 가라고 한 행동이지만 발달장애인을 밀어서 계단에서 추락할 뻔하기도 했는데 다행히 내가 보고 있어서 넘어지지 않도록 잡는 바람에 다치지 않았습니다. 대부분 생활재활교사들의 행동을 흉내를 내다보니 대화 자체가 안 되는 청각장애인입니다. 어머니의 무지와 오빠의 무관심이 이렇게 되지 않았나 싶기도 합니다. 우리가 할 수 있는 것은 건강 관리와 더불어 편안하게 살 수 있도록 해주는 것입니다.

슬픈 대물림

·
·
·
·

특이한 발달장애자폐 친구가 타 시설에서 전원하여 왔습니다. 이 친구의 유일한 자기표현은 자위행위입니다. 게다가 어머니가 지적장애의 경계이다 보니 보통이 아닙니다. 전 시설에 알아보니 새벽이고 저녁이고 할 것 없이 자기 아들을 때릴까 싶어서 수시로 찾아오는 보호자였다고 합니다. 여기 와서도 보통이 아니었습니다. 대화 자체가 불가능했습니다. 자신 맘대로 해야 했고, 우리의 지시를 무시했습니다. 아무래도 강제 퇴소를 시켜야 하나 싶을 정도로 심했습니다. 소리를 지르고 난리를 치다가도 갑자기 미안하다는 얘기를 반복하고, 담당 직원이 그 기분을 맞출 수가 없다고 사례관리 거주인을 바꾸어 달라고 할 정도였습니다. 그런데 어느 날부터 실로암효명의집에 아들을 맡기게 된 것이 감사하다고 하면서 좀 온순해지는 것을 느낄 수가 있었습니다. 담당 직원에게도 전화하는 횟수가 줄어들었고, 찾아오는 횟수도 줄었습니다. 그러면서 내가 원장이 되고 코로나19 상황이 되었습니다. 이제는 내게 직접 연락하기 시작했습니다. 시시콜콜한 것까지 부탁하는데 스트레스가 이만저만이 아니었습니다. 운전 중이라고 해도 막무가내로 1시간을 넘게 통화할 때도 있었습니다. 거주인 때문에 힘든 게 아니라 보호자에게 이렇게 시달려보긴 처음입니다.

이 친구는 우리가 어떻게 할 수가 없습니다. 식당에서 식사를 마치고 직원들이 옆에 없으면 다른 거주인의 반찬을 모두 먹어버릴 정도로 먹는 것에 집착합니다. 또한 외부에서 누군가가 오면 아무 데서나 자위행위를 합니다. 그리고 대소변을 가리지 못했습니다. 시간을 정해 놓고 화장실을 보내도 그냥 나와서 의자에 앉아서 실수할 때가 많습니다. 직원들이 보지 않으면 대변을 손으로 만져서 얼굴이나 몸에 바르기도 하고 정말로 돌보는 게 힘이 듭니다. 여기저기 흩어지고 묻혀놓은 똥을 치우는 직원들을 보면 정말로 마음이 아픕니다.

그런데 코로나19로 인하여 방문도 어렵게 되었지만, 어머니 전화가 뜸해졌습니다. 나중에 안 얘기지만 내가 잘 아는 목사님이 이 친구를 어릴 때부터 돌봐왔답니다. 그 당시 시설에 입소한다고 하여 말렸는데 결국 지방에 있는 시설에 입소시켰다가 그곳에서 강제로 퇴소당했다고 합니다. 그리고 이곳에 입소한 것을 알고, 그 어머니에게 그분김무경 목사은 믿을 수 있으니 믿고 맡기라고 많이 나무랐다고 합니다. 그리고 사회적 거리두기로 면회가 금지된 상황에서 아들에게 필요한 물건을 전해준다고 무작정 왔는데 규정대로 만나지 못하게 하고 그냥 돌려보냈습니다.

이제 30대 초반인데, 정말로 돌봐 주는 사람이 없다면 어떻게 살아갈까 싶을 정도로 심한 발달장애자폐인데 어머니라도 올바른 정신으로 우리를 믿고 맡겨 주었으면 좋겠습니다. 무엇보다 이런 장애가 대물림되는 현실이 안타깝습니다.

아빠 다리로 앉으세요

:
:
:

어느 중증장애인거주시설이 인권침해폭력로 인하여 폐쇄되면서 발달장애심한 자폐인이 전원 조치로 입소했습니다. 이제 30대 초반, 전 시설 폭력 피해자 중의 한 사람이었습니다. 입소 후에 사람들의 눈치를 보고 큰소리로 뭐라고 하면 무릎을 꿇고 두 손을 모으고 앉는 모습을 보는데 마음이 너무 아픕니다. 10여 년 그곳에 있으면서 얼마나 폭력을 당했으면 저럴까 싶은 생각에 정말로 화나 치밀었습니다. 그래서 직원들에게 지시했습니다. 일단은 어떤 행동에도 무릎을 꿇지 않게 하고 그런 행동이 나오면 무조건 '양반다리'로 앉도록 가르치라고 했더니 직원들이 '아빠 다리로 앉으세요.'라고 하면 그렇게 앉았습니다. 그리고 직원들의 손짓을 보고 눈을 질끈 감는 것도 못 하도록 절대로 팔을 들어 올리는 행동을 하지 못하도록 했더니 많이 고쳐졌습니다. 일단은 내가 손을 올려서 얼굴을 만져도 웃기만 하고 눈을 감는 행동은 하지 않았습니다.

역시 이 친구도 식탐은 대단했습니다. 다른 거주인들과 도저히 식사를 같이할 수가 없어서 생활실에서 따로 제공하고 있는데, 생활실 냉장고를 열고 우유를 꺼내서 순식간에 6개씩 마십니다. 그래서 어르신 방 잠금장치를 하게 됐고, 수돗물도 배가 터지도록 마시기 때문에 화장실 수도도 잠글수밖에 없었습니다. 얼마 전에는 다용도실에 먹거리가 있는 것을 알고 그 문을 부수시기도 했습니다. 키가 185㎝이다 보니 나를 꼭 잡고 냉장고 문을 열라고 하면 도저히 어떻게 해볼 수가 없습니다. 그래도 그 얼굴은 천사입니다. 웃을 때 보면 악이 하나도 없는 천사 같습니다. 건강하게 아프지 말기를 기도합니다.

치킨과 막대사탕

:
:
:

시각장애인교회 시무할 때 시각장애인 청년^{이하 수연 씨로 호칭} 의 언니의 사연입니다.

어느 시설이 인권침해로 인하여 폐쇄 결정이 내려졌다는 소식과 함께 수연 씨가 연락이 왔습니다. 언니를 이곳으로 전원시키고 싶다는 것이었습니다. 단순한 시각장애만 있는 게 아니라 지적 능력도 떨어지고 식사 지원까지 모든 것을 직원들이 수발해야 할 만큼 중증시각장애인이었습니다. 그 동안 이 정도의 중증장애인이 없었기 때문에 우리 직원들이 해낼 수 있을까 고민이 되기도 했지만, 거절할 수가 없었습 니다. 그리고 절차를 밟아서 전원해 왔습니다. 듣던 대로 앉 고 눕는 것에서부터 모두 타인의 도움을 받아야 할 정도로 중증장애인입니다. 식사를 스스로 할 수 있도록 해보았지만 일흔을 바라보는 나이에 근육이 굳어져서 힘들었습니다.

　문제는 건강검진 기록이나 그 어떤 병원 진료기록이 전혀 없었습니다. 병원 진료를 완강히 거부하여 실시하지 못했다고 합니다. 그야말로 혈압이나 혈당 체크조차도 완강하게 거부했습니다. 다른 것은 몰라도 건강 관리는 해야 할 것 같아서 직원들이 좋아하는 사탕과 인형을 주기도 하면서 혈압과 혈당도 검사하고 그렇게 싫어하는 병원 진료와 건강검진까지 받았습니다. 최근에는 코로나19 백신도 3차까지 다 접종했습니다. 그만큼 이곳에 와서 안정되었고, 특별한 기저질환 없이 잘 지내고 있습니다. 우리 직원들이 섬기는 효과가 나타난 것입니다. 치킨을 좋아하고, 막대사탕을 좋아하는 경숙 씨, 건강하게 잘 지내길 기도합니다.

희준 씨와 십자가

:
:
:

'눈 안 보이고 귀도 안 들리고 말도 못 하는 장애인'이라고 하면 대부분 헬렌 켈러를 떠올릴 것입니다. 타 시설에서 전원해 온 3명 가운데 시청각장애인이 있었습니다. 누나에게 들은 얘기지만, 쌍둥이 형이 있고 누나 두 분이 있고, 희준 씨는 어릴 때 열병으로 인하여 귀가 안 들리게 되었다고 합니다. 청각장애인이지만 사람들의 입 모양을 보고 대화를 할 만큼 눈치도 빠르고 똑똑한 동생이었고, 공장에서 일하다가 오른손 엄지와 검지가 잘리는 사고를 당했고, 형제들이 모두 서울로 함께 온 후, 동생이 행방불명이 되었다고 합니다. 서로 먹고살기 힘들다 보니 찾을 엄두도 못 냈고, 어디서 죽었다고 생각했는데 이곳으로 전원하기 1년 전에 경찰서에서 연락이 왔는데, 지문조회 결과 동생이 모 시설에 있다고 하여 만날 수 있었다고 합니다. 그런데 멀쩡했던 동생이 시각장애인이 되었더랍니다. 억장이 무너졌는데 대화를 할 수 없으니 본인들이 누구인가를 알려야 하는데 얼굴을 만져보게 하고 그랬더니, 정말로 그런지 몰라도 안다고 고개를 끄덕이더랍니다. 여기도 몇 번 다녀갔습니다만, 누님과 형님을 알아보는지 모르겠습니다.

이곳에 오자마자 우리들의 관심과 사랑을 받기에 충분했습니다. 나름대로 붙임성이 있었습니다. 나보다 두 살 아래였던 희준 씨의 천진난만한 모습이 우리 모두를 울컥하게 만들 때가 많았습니다. 눈이 안 보이고 귀가 안 들리고 말을 못 하는 것뿐이지, 직원이 누구며 무슨 일하는 사람인가를 구분하는데 그 직원의 특징을 모두 파악하고 있을 정도로 대단한 친구였습니다. 수화라도 할 수 있다면 어느 정도 대화가 되긴 하겠는데 그것도 모르고, 그렇다고 일반 글자를 아는 것도 아니어서 대화 자체가 불가능했습니다. 점자를 만져 주면서 가르쳐 주겠다고 했더니 그 의미를 모르고 자신은 눈이 안 보여서 이것을 볼 수 없다고만 했습니다.

희준 씨에게 내가 누구인가를 가르쳐주어야 하는데 달리 방법이 없었고, 평소 시각장애인들에게 하는 것처럼 배를 만져 주는 것이었습니다. 나이가 들어가면서 나오기 시작한

배 때문에 다이어트도 여러 번 하면서 빼려고 했지만, 실패를 거듭했던 나온 배가 이럴 때 한몫했습니다. 그 당시 85kg이 넘고 허리둘레가 40인치였고 키가 165cm이다 보니 내 신체적인 특징을 빨리 파악하고 배만 만져줘도 내가 누구인가를 금방 알아봤습니다. 그리고 예수를 전해야겠다고 생각을 하고 내가 무엇을 하는 사람인가를 알려야 하는데 난감합니다. 그래서 나무로 된 십자가를 준비했습니다. 이걸 받아 들더니 성당에서 하는 것처럼 성호를 긋고 두 손을 모으고 기도하는 시늉을 합니다. 그리고 자신의 양팔을 벌리고 손과 발에 못을 박고 목을 자르는 시늉을 하고 자신의 가슴을 쳤습니다. 먼저 있던 시설이 천주교에서 운영하는 곳이었다고 하는 것을 보니 거기서 예수를 알게 된 것 같습니다. 그 모습을 보면서 희준 씨를 끌어안고 복받치는 눈물을 삼켰습니다. 예수를 알고 그 십자가의 의미를 아는 것입니다.

이렇게 시작된 희준 씨와의 만남은 답답할 때면 내게 시늉합니다. 치약이 없다, 칫솔이 다 마모가 되었다, 화장지가 없다, 덥다, 춥다 등등. 그러면서 식사 얘기를 언제부턴가 하기 시작했습니다. 오른손 엄지와 검지가 절단되어 숟가락 쥐기도 어려워서 반찬과 밥과 국을 함께 넣어 먹을 수 있도록 배려했는데, 식사 속도도 엄청 빠르고 맛있게 먹었습니다. 그런데 손을 가로저으면서 '퉤퉤'라고 해서 혹시 매운 게 아닌가 싶어 맵지 않게 주기도 했는데 소용이 없었습니다. 그런데 그 행동을 유심히 보는데 혹시 반찬과 밥을 따로 달라는 것으로 생각되었습니다. 가만히 생각해 보니 그동안 했던 행동이 밥 따로 반찬 따로 국 따로 달라는 것이었습니다. 바로 식사를 식판에 담아 손으로 만져보게 했습니다. 좋다고 고개를 끄덕입니다. 허겁지겁 먹던 식사가 천천히 밥과 반찬과 국을 번갈아 맛있게 한 그릇을 비웠습니다. 식사 후 생활실로 가는데 손가락으로 반찬을 집어 먹는 시늉을 하면서 왼손 엄지손가락을 펴 보이며 최고라고 했습니다. 그리고 두 손을 모으고 그렇게 먹게 해줘서 고맙다고 했습니다. 다음 날, 구운 김이 반찬으로 나왔는데, 그걸 밥 한 숟가락을 떠서 싸더니 그렇게 맛있게 먹었습니다.

　나들이나 외식 나갈 때가 내가 짝이 되어 늘 희준 씨를 안내했습니다. 대화는 못 해도 이렇게 마음으로 대화했습니다. 그냥 둘이 걸어도 우린 대화를 할 수 있었습니다. 늘 가슴을 치며 귀도 안 들리고 눈도 안 보인다고 하소연하던 그 모습과 예배 후에 양복과 넥타이를 만져 주면 두 손을 모으고 고개를 숙이면서 예배 후에 나오는 간식을 달라고 웃으면서 손을 내밀던 그 모습이 눈에 선합니다. 말을 할 수가 없다 보니 희준 씨의 시능을 해석해야 하는데 그게 쉬운 게 아니었습니다. 가장 힘들었던 게 몸 상태였습니다. 나이가 있다 보니 성인병은 다 있어서 식단관리를 했는데, 당뇨가 심하다가 늘 밥이 적다고 투정을 했습니다. 먹을 실컷 먹고 싶은데 그게 안 되니까 늘 불만이었습니다. 우리가 운동도 시키고 했지만 스스로 할 수가 없으니 지병인 당뇨를 극복하지 못하고 합병증으로 인하여 갑자기 하늘나라로 떠나고 말았습니다. 10년 동안 함께 했던 거주인 가운데 가장 기억에서 지울 수 없는 것이 희준 씨의 천진난만한 모습입니다.

김무경 원장 목사님, 안녕하세요

．
．
．
．

어린 시절을 보낸 맹아원은 어린아이들과 스물이 넘은 성인 시각장애인들이 함께 생활하는 곳이었습니다. 보모가 나를 잘 봤는지 그 어린아이들과 함께 지내게 하면서 실장으로 임명해 주었습니다. 일고여덟 살 어린아이들이다 보니 자다가 오줌을 싸기도 하고 부모의 보살핌이 필요한 시각장애인 아이들이 단체생활을 하다 보니 보모가 돌봐 주거나 한 두 살이라도 더 먹은 아이들이 돌봐 주지 않으면 힘든 고아원 생활이었습니다. 그렇다 보니 약시인 나를 실장으로 임명하여 어린아이들을 돌보도록 했습니다. 문제는 시각 지적장애가 있는 아이들과 함께 생활하는 것이었습니다.

쌍둥이 자매로 말도 못 하고 계속 서서 돌기만 하는 아이들도 있었고, 그야말로 귀도 안 들리고 눈도 안 보이는 아이도 있었고, 아무것도 못 하지만 어떤 노래든지 한 번 들으면 그것을 점자 악보로 옮겨 적는 자폐 성향의 아이도 있었고, 폭력적으로 누구든지 물고 때리는 아이도 있었고, 시각 중복장애로 분류되어 특수교육을 받아야 할 아이들이 함께 섞여 살았습니다. 이 친구들을 따로 구별하여 한 방에 살게 했으니, 약시라는 것 때문에 실장을 맡은 나는 정말 힘들었습니다. 아침마다 오줌 싼 이불을 세탁실로 옮기는 것으로 하루를 시작했고, 서로 싸우면 말리기도 하고 지금이야 이렇게 얘기할 수 있지만, 맹아원 생활이 일반 학교를 다니면서 동네 아이들에게 사팔이斜視라는 놀림을 받을 때보다 더 힘들었습니다.

그리고 맹아원을 떠나 서울로 고등학교에 진학했습니다. 이곳은 초등부 1학년부터 고등부 3학년까지 나이는 8세에서 최고 36세까지 터울이 컸습니다. 기숙사 생활실의 실장은 대부분 고등학생이고 거기에 초중고생들이 한 방에 6명씩 기거했습니다. 고아원 시설이 아니어서 모두가 부모나 연고자가 있는 학생들이었습니다. 심한 발달지적장애는 아니었지만, 발달장애 경계에 있는 아이들이 있었습니다. 공교롭게도 1학년과 4학년 그리고 선배 두 명, 나와 동기 이렇게 6명이 함께 생활했습니다.

문제는 이런 친구들을 상급생들이 놀렸습니다. 아무래도 모든 면에서 떨어지고 말도 어눌하다 보니 늘 놀림의 대상이 되었습니다. 놀리고 마는 게 아니라 오줌을 싸거나 하면 매를 때렸습니다. 사감도 있긴 하지만 200명이 넘는 학생들이다 보니 사고가 나지 않도록 감시하는 정도이지 이런 데까지 관여할 수가 없었습니다. 나이 많은 선배들이 어린 후배들을 때리는 것은 불문율이었습니다. 다행히 선배들 모두 착해서 이 친구들을 잘 보살폈는데, 다른 상급생들은 발달 경계에 있는 아이들을 많이 놀렸습니다. 심지어 폭력도 행사했습니다. 그렇게 하는 게 정말로 싫었습니다. 맹아원에 있을 때처럼 이 친구들을 더 챙겼습니다. 그리고 전맹들이다 보니 약시인 내가 따돌려서 매를 맞지 않도록 하기도 했습니다.

　　작년2021년 12월에 맹학교 때 내가 돌봐줬던 아이들과 비슷한 친구가 타 시설에서 전원해 왔습니다. 쉰이 다 된 친구, 무연고자로 고아 시설이 있는 맹학교 졸업 후 30여 년 전에 장애인거주시설에 입소하여 지금까지 힘든 세월을 살아온 것 같습니다. 발달 경계가 아니라 발달 지적장애입니다. 30~40년 전 학교와 전 거주시설에 있었던 친구들 이름을 부르며 찾기도 하고 알아들을 수 없는 말로 과거와 현재를 오락가락했습니다. 무엇보다 감정 기복이 심하여 가만히 있다가도 가지고 있던 물건을 던지거나 화를 내면서 욕을 했는데, 그 이유는 친구가 늦잠을 자서 자신이 맞았다거나 자신을 때렸다고 하는 얘기를 수시로 했습니다.

무엇보다 직원들과의 라포를 형성하는 것이 중요했고, 맹아원 때 그 친구들과 비슷한 성향이 있어서 먼저 맹학교 선배이고 원장이며 목사라는 것을 알려 주었습니다. 효과가 있었습니다. 화를 내거나 하면 내가 가서 얘기하면 쉽게 수긍하고 다시는 안 그러겠다고 했습니다. 무엇보다 이곳에서의 안정이 중요했습니다. 이런저런 대화를 나누어 보는데 앞뒤가 횡설수설이지만 맹학교 때 얘기며 누구에게 맞은 얘기며 친구들과 싸운 얘기며 좋은 기억보다는 안 좋은 상황들만 기억하고 있었습니다.

하루는 과자가 먹고 싶다고 하여 그러면 과자를 달라고 하면 본인 과자가 있으니 주겠다고 했더니 대뜸 하는 얘기가 과자 달라고 하면 어떤 선생님이 뛰게 한다는 것입니다. 우리는 절대로 안 그러니까 먹고 싶으면 언제든지 달라고 했더니 스스로 좋아하는 건빵을 달라고 하여 먹는 모습을 보는데 맹아원 때 그 친구들 모습이 떠올라 가슴이 아팠습니다. 그는 그동안 살아오면서 안 좋은 기억만 가득합니다. 혼잣소리지만 누구에게 맞았다는 얘기, 누구와 싸운 얘기를 하면서 갑자기 화를 내고 가지고 있던 물건을 던지면서 돌발 행동을 시작했습니다. 뇌전증을 앓고 있다 보니 더 안정해야 하는데, 광재 씨 좋은 생각만 하도록 하는 게 우리의 일입니다. 본인의 나이도 모르는 광재 씨! 부모님도 모르는 광재 씨! 50년 세월을 돌고 돌아 우리에게 왔습니다. 우리가 섬겨야 할 천사입니다.

어느 날, 내가 누구냐고 묻길래, 이름은 김무경이고, 원장이고, 목사라고 했더니, '광재 씨, 안녕' 하고 인사하면 '김무경 원장 목사님, 안녕하세요.'라고 합니다. 우리 광재 씨 모든 생각이 과거에 머물러 있지 말고, 이곳에서의 좋은 기억으로 좋은 추억 하나씩 가슴에 새겨지게 되길 간절히 기도합니다.

소록도에서의 포옹

.
.
.
.

소록도에 계신 권사님을 뵙기 위해 승합차로 꼬박 7시간을 넘게 달려 녹동항에 도착하니 자정이 훨씬 넘었습니다. 소록도에는 일반인들이 머물 수 있는 숙소가 없기도 했고, 시각장애인 권사님들과 함께 갔으니 몇 시간 눈 붙이기는 찜질방이 좋을 것 같아 찾는데, 'ㅇㅇ불가마'라는 찜질방이 있어 잠시 쉬고, 아침에 소록대교를 건너 목적지로 향했습니다. 입구 매점 앞에 걸어둔 한하운 시인의 '보리피리'라는 시가 눈에 들어옵니다.

다른 방문객들은 주차장에 주차하고 걸어서 마을로 들어가야 했지만, 우리는 시각장애인이라고 그냥 통과시켜 주었습니다. 전화로 숙소를 물어보는데 나름대로 열심히 설명하긴 했는데 앞을 못 보시는 분의 설명이라 오라는 곳으로 가다가 보니 그만 섬을 한 바퀴 돌고 말았습니다. 일반 방문객들은 병원 뒤편에 있는 중앙공원까지만 걸어서 관광하는데, 우리는 보라는 듯이 승합차를 몰고 섬을 돌았습니다.

천혜의 아름다운 섬입니다. 한 폭의 풍경화처럼 모든 게 아름다웠습니다. 섬 안에 몇 개의 마을이 있고 마을마다 집들이 있는데, 텃밭을 일구며 일을 하시는 어르신들이 있었습니다.

외부 차량이 들어오니 하던 일을 멈추고 잠시 허리를 펴는 분들에게 물어서 권사님이 계신 숙소를 찾았는가 싶었는데, 그만 어느 할아버지께 붙들리고 말았습니다. 할아버지 한 분이 차로 다가오더니 나에게 무조건 따라오라는 것입니다. 따라가면서 이곳이 11호 건물이냐고 물었더니 고개만 끄덕였습니다. 그래서 다들 내리라고 하고 따라갔는데 텔레비전 안테나선을 가리키면서 끼워 달라는 것입니다. 빠지지도 않은 선을 뺐다가 다시 끼웠더니, 방으로 들어오라고 하면서 텔레비전이 안 나온다고 했습니다. 가만히 보니까, 좀 전에 끼운 안테나선이 위성방송 케이블이었습니다. 케이블 연결에는 이상이 없는데 전혀 수신이 안 되는 것입니다. 서비스 센터에서 왔다 갔다고 하면서 수신기를 만지는 내 손을 애타게 쳐다봤습니다. 할아버지의 오그라든 손을 보니 리모컨

누르기도 쉽지 않아 보입니다. 수신기의 환경을 설정해드리고 누르기 편하도록 방송입력을 했습니다. 그리고 전원을 껐다가 켰더니 방송이 수신되었습니다. 근심 어린 눈빛으로 바라보던 할아버지가 그렇게 좋아합니다. 그런데 한참을 텔레비전과 실랑이하는 바람에 밖에 서 있는 일행들을 깜빡 잊고 있었습니다.

"목사님! 목사님! 어디 계세요."

"아! 할아버지 여기가 11호 건물 맞나요?"

그런데 아니랍니다. 텔레비전은 보고 싶은데 나오지는 않고, 케이블이 빠진 것 같은데 오그라든 손으로는 다시 끼울 수는 없고, 우리를 만나니까 그렇게 반가웠던 것입니다. 그래서 우리가 묻는 말에 대충 대답하고 그것을 고쳐 달라고 나만 데리고 갔습니다. 다행히 앞 건물이 11호여서 그 건물을 한 바퀴 돌아서 차를 다시 주차하고 복도를 걸어가는데 그 할아버지가 메모지와 볼펜을 들고나와 있었습니다. 고마워서 이름이라도 적어 두겠답니다. 그래서 '김무경 목사' 이렇게 썼습니다. 그것을 받아들고 읽어보더니 앞 교회 건물을 가리키면서 '나도 이 앞에 교회 다녀요.' 그리고는 '목사님!' 하면서 와락 끌어안습니다. 그 짧은 순간, 제 머릿속은 복잡했습니다. 어떻게 해야 하나, 밀어내야 하나, 아니면 그냥 가만히 있어야 하나, 어릴 때 울면서 떼를 쓰면 할머니가 늘 하던 말이 머릿속을 스쳤습니다.

"이노무 짜슥, 자꾸 울고 그카마, 문디이가 잡아먹는데이."

그 '문디이'가 앞에 서 있습니다. 그리고 지금 포옹하고 있습니다. 귀도 떨어지고, 코도 문드러지고, 눈썹도 빠지고, 손가락도 일그러져 있습니다. '에라! 모르겠다!' 싶어, 그냥 꼭 안아 드렸습니다. 너무 좋아합니다. 요즘은 한센병이 전염이 안 된다는 것을 알기 때문에 봉사활동도 많이 가기도 하고, 유명 가수들이 방문하여 공연도 하고 그럽니다만, 문득 드는 생각이 많은 사람이 철 따라 찾아오는 곳에서 이렇게 따로 살지 말고 우리의 이웃으로 함께 살면 얼마나 좋을까요? 섬이 아무리 아름다워도, 아무리 맑은 공기를 아무리 많이 마시고 산다고 한들, 사람을 그리워하는 그리움은 어디서든 해결하기 어려울 겁니다. 권사님과 함께 사는 할머님들의 오그라든 손을 일일이 꼭 잡아 주었습니다. 많은 자원봉사자가 오지만 선뜻 손을 내밀지 못하는데, 내가 덥석덥석 손을 잡고 인사하는 것이 너무 좋다고 합니다. 평소에도 시각장애인들을 대할 때에는 먼저 말로 인사를 하고 손을 잡아 드려야 합니다. 그런데 나는 한술 더 떠, 포옹도 막합니다. 이 '포옹' 때문에 오해를 받아서 애를 먹었습니다만,

그날 할아버지를 포옹할 수 있었던 것은, 또 할머님들의 손을 잡아 드릴 수 있었던 것은, 이런 순수한 동기의 행동이 평소에 몸에 밴 것이 아니었나 싶습니다.

그 권사님의 오그라든 손을 꼭 잡고, 병원 뒤편에 있는 중앙공원을 맘껏 걸었습니다. 공원 나들이가 처음이라고 하면서 관광객들이 드나드는 곳이라 그곳에 계신 분들은 잘 나오지 않는다고 합니다.

"목사님! 내가 왜 이런 천벌을 받아야 하는지 모르겠어요. 장님 된 것도 억울한데, 이런 지가 벌써 40년 됐어요."

"…."

그냥 아무 대답도 못 하고 묵묵히 걸었습니다. 뭐라고 위로를 할 수 있겠습니까? 하나님의 뜻대로 믿고 기도하면 문둥병한센병을 낫게 해주실 것이라고 대답할 수가 없었습니다.

"하나님! 너무 하십니다. 저 절규를 들으시지요?"

우리 권사님, 제가 이곳에 온 후, 소록도 한 번 와 달라고, 그러면서 이곳에서 나와 함께 살고 싶다고 그렇게 부탁하셨는데, 그 소원을 들어드리지 못하고 2018년 6월 22일 하늘나라로 가셨습니다.

에필로그

2020년 6월 30일 사회복지사로서는 정년퇴직을 준비하고 있었는데 법인 이사회에서 2020년 1월 1일부터 원장으로 승진발령이 났습니다. 2011년 입사 이후 원목으로서 사회복지사들과 똑같이 장애인 거주인들을 돌보면서 목사로서 진정한 섬김이 무엇인가를 몸소 체험하며 깨닫게 되었기에 더 늦기 전에 제도권 교회로 돌아가서 사회복지시설이 아닌 교회 공동체에서 섬김의 목회를 하리라 마음먹고 있었기 때문에 혼자 작은 갈등을 겪었습니다.

무엇보다 강신무降神巫처럼 목사의 길을 거부하지 못하고 시각장애인 복음화를 사명으로 알고 목사가 되었기 때문에 제도권 교회에서 상처받고 가나안교인으로 살아가면서 나와 같이 개척을 하자는 분들의 요청도 거절할 수가 없었습니다. 하지만 교회를 개척한다는 게 생각처럼 쉬운 게 아니었습니다. 게다가 10년 동안 섬기며 정들었던 시각장애인 어르신들을 도저히 떠날 수가 없었습니다. 어르신 모두 천국으로 환송한 후에 여길 떠나겠다고 그렇게 약속해 놓고 훌쩍 떠난다면 그 원망을 얼마나 들을까 하는 생각과 더불어 원장과 원목으로 5년 더 섬겨야겠다고 다짐했습니다.

원장 취임 시작과 함께 2020년 1월, 첫 코로나19 환자가 국내에 유입되면서 시작된 코로나19 사태로 말미암아 국민은 물론이고, 집단 거주 취약계층인 요양병원 및 사회복지시설과 장애인거주시설의 거주자 및 종사자들은 하루하루 살얼음판을 걷게 되면서 긴장의 나날이었습니다. 거주인 모두 외출과 외박이 금지된 가운데 전 직원 동선을 최소화하여 장애인 거주인들을 섬겨왔습니다. 곧 끝나겠지, 했던 코로나19 상황이 마냥 길어졌고 가족들 면회조차도 할 수 없는 장애인 거주인들은 더욱 소외되고 지칠 수밖에 없었습니다.

실로암효명의집Hyomyoung House Of Siloam은 고령의 시각장애인들을 포함하여 중중장애인들이 함께 생활합니다. 30명의 거주인 가운데 17명의 단순 시각장애인과 12명의 발달장애인으로 지적, 자폐, 지적 뇌병변, 지적 청각, 지적 시각 등 중복 장애인들 그리고 97세 고령으로 청각장애만 있는 어르신이 함께 생활하고 있는데 장애별로 거주하고 있습니다.

문제는 남녀는 층별로 분리되어 있지만 생활실은 같이 기거해야 하는데 생활실이라도 따로 사용할 수 있으면 좋은데 그렇지 못하다 보니 발달장애인들의 돌발 행동 때문에 시각장애인들이 늘 피해를 보는 게 안타깝기만 합니다. 이들에게 쾌적한 생활공간을 마련해 주기 위해서 건물을 하나 더 짓기로 했습니다. 무엇보다 넓은 공간이 있으면 코로나19처럼 집단감염으로부터 이들을 보호할 방법을 강구할 수 있습니다.

'실로암시각장애인복지회'의 설립 정신에 맞게 전 직원이 시각장애인과 중증장애인을 섬기기 위하여 '보냄을 받은 자'로서의 사명을 잘 감당하고 있습니다. 그러므로 우리 모두 이 땅에서의 진정한 삶은 인간으로서 당연히 가지는 기본적 권리를 어떻게 찾느냐이고, 섬긴다는 의미는 장애인들의 삶의 기쁨과 고통을 공유하는 것입니다. 우리 실로암효명의 집은 우리의 최종 목적지인 천국을 향하여 가는 징검다리의 사명을 다하여 장애인들을 섬기겠습니다. 감사합니다.